# 彼女はオナホなお嬢様
## まくりとどっちが気持ちイイ？

反転星

illustration◎ひなたもも

美少女文庫
FRANCE SHOIN

# 貫太の記憶

「これ、オナホって言うんだぜ」

まるで宇宙の言葉でも聞いたかのように、西奈央《にしなお》まくりは『？』を浮かべていた。

あれは確か、少し暖かくなってきた季節。

同じく子供ピアノ教室に通っていたまくりが初めて家に遊びに来た日だった。

あの日のことは今でもハッキリ覚えている。通っている学校が違うこともあり、それまでほとんど喋ったことがなかったまくりが、突然話しかけてきたのだ。

「貫太《かんた》くんの家に行ってもいい？」

後から聞いた話だが、発表会でチャルメラの曲をドヤ顔で弾いて先生に怒られた俺があまりにも常識外れで面白く、急に興味がわいたそうだ。まくりの家はお金持ちでしつけが厳しいから、そういうおふざけは考えられなかったらしい。俺としては、そんなことで女子と友達になれてラッキーだった。しかも、あの西奈央まくりである。

まくりはピアノ教室でも飛び抜けて可愛い子だった。私立に通うお嬢様。いつも白いワンピースを着ていて、小さな体で歌うようにピアノを弾いていた少女。明らかに俺たち同学年生とは一線を画した女の子だった。そんな妖精のような子が家にいるのだ。俺は正直かなり浮き足立っていた。

だから二人で親父の書斎を探検していたとき、つい余計な知識自慢をしてしまったんだろう。

「オナ……ホ？」

「オナホール。つまり、オナニーするためのホールだ」

彼女は愛らしい顔にさっきよりも多く『？？？』を飛ばし、頬に指を当てたまま、じっとオナホを見つめている。

「知らないのかよ、オナニー。ボッキして擦るんだよ」

いや、普通はそんな言葉知らない年齢だ。俺はマセすぎていた。

意味をネットで調べようとしたら、子供が見ちゃいけないサイトらしく、なんちゃらエラーが表示されてしまった。ちっ、子供の知る権利を行使したい。仕方なく近所の年上の友達に聞いたら、笑いながら俺の未発達なペニスを摑んで、「ここを擦って気持ちよくなることだよ」って教えてくれた。えー？　そんなの恥ずかしいだけじゃないの？　俺にはまだ排尿器官としての役割しか考えられなかった。

そして彼は、オナニーするにはオナホが一番とも教えてくれた。「いいか、オナホは男の勲章だ。必ず一番のオナホを探せ。オンリーワンよりナンバーワンだ」そう言って彼は引っ越していった。

（ありがとうオナニー師匠。俺は俺の一番のオナホを探します）

「ねぇ、聞いてる？」

「ほへ？」

いけない、美少女を置いて、妄想にふけってしまった。

「だから、オナニー。オナニーってなに？　教えてオナニー」

可愛い子がオナニーを連呼してると、なんだか股間がモヤモヤしてくる。

そういや女子ってどうやってオナニーするんだろう？　やっぱり股間を擦るのか？　女子の股間にち×ちんがついてないのは知ってる。なんか穴が開いてるらしいというのも知ってる。

急に女子のオナニーが見たくて仕方なくなった。幸い、まくりから教えてと言ってきている。

「よし、そのソファに寝るんだ」

まくりは素直に横になり、好奇心に満ちた目で俺を見ている。

「そしたら、スカートを捲る」

「えー」

急にまくりの表情が曇る。しまった、ストレートすぎたか？

「そ、そうしないとできないんだよ。知りたいんだろ？　オナニー」

「もしかしてエッチなことなの？」

ああぁ、間違った選択を突き進んでいる気がする。アウトか？　ここまでなのか？　まくりのオナニーは一生見られないのか!?　頭フル回転！

「エッチなことじゃないよ。とても気持ちいいことで、大人は皆やってるんだって。女の人は、会えばオナニーの話か他人の悪口しか言わないそうだよ」

「わたし、子供だもん」

クイッと突き出した唇から視線を下ろせば、二つの膨らみが見える。普段ふわっとした服ばかり着てるから気づきにくいが、まくりは友達のどの子よりも胸が発達している。だから体だけで考えれば、子供という表現が合っているのかどうか疑問ではある。

「大人に内緒でしょう」

むーっと眉毛を八の字に下げて貫太を睨むまくり。

「貫太くんは、オナニーしてるの？」

「毎日してるよ。俺はもう大人だからな。ギンギンにボッキしてのたうち回ってるよ」

　自分でも何を言ってるのかさっぱりだけど。

「そうなんだ……。わたしもボッキできるかな？」

「まくりちゃんならできるさ。お前は覚えるの早いからな」

　ピアノでも、先生の教えたことがすぐにできるようになる子だ。

「笑わない？」

「笑わないよ。って、何を？」

「わたしがオナニーしても、笑わない？」

　ぽっと、まくりの頬が赤くなった。

「笑わないよ！　むしろまくりちゃんのこと、大好きになっちゃうよ」

「む～～～～～」
　二、三秒考えた後、彼女はワンピースの裾に手を伸ばし、するすると持ち上げた。
　少し肉付きのいい太ももの間に、ピンクの小さなハートマークがいくつも飛んでいる白地の布が見える。

「パンツ、似合ってるよ」なんて洒落《しゃれ》たことを言う余裕もなく、俺はまくりのパンツに釘付けになった。女の子のパンツは自分の穿いているブリーフとは違って、なんだか柔らかそうだ。少し小さめのパンツなのか、食いこんで真ん中に一本の溝ができていた。男と違い、その部分に何もない証拠だ。

「笑ってないよね?」

「笑ってない笑ってない」

なんて言うと、意味もなく可笑《おか》しくなってくる。いけない、止まらなくなってきた。

「もぉー」

なんて言うまくりも、ちょっぴり照れ笑いしている。おかげで、部屋に漂っていた緊張感が少し和らいだ。

「じゃあ、パンツの上から擦ってみて」

「ハートの上を?」

「中指で、おしっこが出るあたりを前後に擦るんだ」

「汚くない?」

「大丈夫だよ。真っ白だ」

「この辺?」

正直なところ女の子のおしっこがどこから出ているのか知らないので、適当に頷いておく。

まくりはおっかなびっくりに、パンツの筋に沿って中指を動かし始めた。

その光景を見ていると、なんだか悪いことをしているみたいに胸がどきどきする。そして股間がキュンってなってきた。

「まくりちゃん、どう？」

「ん、へんな……きもち……」

「もっと強く擦ってみて」

「ん、やってみる。ふぁっ……」

まくりは指に力を入れ、筋を強く擦る。中指とパンツが擦れる音がだんだん大きくなってきた。

「んっ……んんっ……」

まくりは声が出ないように、ワンピースの端を噛み、上半身をのけぞらせる。その姿に、当時は説明することのできない感情が溢れ出た。ドキドキは止まらず、本能にまくし立てられるように、彼女のあそこに触ってみたくなった。

震える指をまくりの筋に伸ばした瞬間、

「さ、まくり、そろそろ帰ります……よ!?」

あ。

やっちまった。そう言えばドアを開けっ放しにしていた。

振り返ると、目を見開いて固まっているまくりのお母さんがいた。

おばさんからしてみれば、「初めて来たおうちでお友達と楽しく遊んでいたかしら？」なんて思っていただろう。しかし現実は、大股を開き、体をのけぞらせてオナニーしているまくりと、その股間を凝視し、今にも弄ろうとしている俺がいた。心中、お察し致します。

「………………」

人は思いも寄らぬ場面に遭遇すると声が出ないものだと、このとき学んだ。人生日々勉強である。

「あ……あなたたち、何してるのー!!」

聞いたことのないような大人の叫び声に、俺は目の前が真っ暗になった。

# 第一章　再会したあの子は商店街アイドル！

などと、幼き日の出来事を急に思い出したのは、目の前のまくりがはにかんだ笑顔を見せているからだ。

いや、本物ではない。休日の散歩途中、壁に貼られたポスターの中にまくりの姿を偶然見つけた。

『清々《せいせい》商店街の姫《アイドル》誕生！』

ポスターにはダサい丸文字フォントでそう書かれていた。

なるほど。昔からあんなにずば抜けて可愛かったのだ。時代に取り残された寂《さび》れた商店街が彼女の魅力で復活を図っても不思議ではなかった。ひょっとしたら、当時から目をつけられていたのかもしれない。

あのオナニー事件の後、貫太はまくりに会っていない。両家の親による会議が行われ、貫太はまくりとの接近を禁止されてしまったのだ。それ以降ピアノ教室も行ってないし、彼女がどんな人生を歩んでいるのか知る由もなかった。

だからと言って忘れたわけではない。ふとした瞬間……たとえば学校で、「あの子可愛い！　付き合いたい！」と思った瞬間に脳裏にまくりの笑顔が浮かんでしまう。Ｏｈ、なんてことだ。貫太は心の奥底でまくりに惚れ続けているのだ。もう、叶わぬ想いだと知っているのに。

ちなみに、まくりにしたことについては親から大目玉を食らったが、エッチなことに関しては「まぁ男の子だしなぁ」と寛大に処置してもらった。だから親との仲は相変わらずだし、早く彼女を作れとも言われている。きっとすぐに孫の顔が見られるねなんて冗談を飛ばされる程度に。

（しかし……まくりはずいぶん可愛くなったなぁ。しかも少し大人っぽくなった）

貫太は笑顔のまくりを見て思う。

さすが『姫《アイドル》』とか書かれるわけだ。きっとモテまくってるんだろうな、なんて考えると、少し胸が痛む。

すれ違った女子高生たちがポスターを見て、「まくりちゃん可愛いよねー」などと言っている。男子高生たちは、「彼女にしてぇ！」などと叫んでいる。

（ふふん、俺なんかまくりにオナニーを教えて、目の前でそれを見たんだぞ。男子諸君、どうだ羨ましいか？）

……むなしい優越感だ。

貫太にもチャンスはあったんだろうか。あのときおばさんに見つかってなければ、まくりとえっちな関係になって、今やセックス三昧だったんだろうか。

貫太はエロ運をあのときすべて使ってしまったのか、女子のオナニーどころかパンチラすら遭遇できていない。おかしい。学校はスカートの短い女子ばかりなのに、一体どういう呪いにかかってしまったんだ？

もちろんセックスなんて夢のまた夢だ。なんということだ、クラスでも早いヤツはとっくに童貞や処女を捨ててるというのに！　ああいやだ。もう右手が恋人なのもオナホールもいやなんだよ！　彼女にするならまくりみたいな可愛い子！　なんて贅沢はもう言わないから、一緒にいてくれる彼女が欲しい！　彼女とチューーして胸揉んで服ひん剝いて、アレしてソレしてズドーンといきたい！

「ああっ出したい！」

「きゃあっ」

いきり立った瞬間、角から出てきた子とぶつかってしまい、彼女は尻餅をついて倒れた。

ぶつかった勢いというより、持っている大きな段ボールが落ちないように守ろうとしてバランスを崩した感じだ。

「お!?」

貫太の視線が彼女の一点に集中する。来た。ついに来ましたよ。M字開脚で尻餅をついているスカートの中から、白いものがチラリと、いやクッキリと!

(この制服、丘の上にあるお嬢様学校のだ!)

短いスカート! 健康的な太もも! そしてそして学生らしい清潔な白い布! ラッキー! 漫画みたい! ついに呪いは解けた! 女の子のパンツだ! パンツ様だ! エロ運はまだ枯れてなかった! 万歳!

悲しいほどラッキースケベに飢えていた貫太は、パンチラひとつで異様なテンションになってしまう。興奮しすぎて、目から血が飛び出しそうだった。

「あのぉ、すみません」

感動に打ち震えていると、段ボール箱の向こうからとても可愛い声がした。横幅が五十センチくらいある大きい箱に隠れて、顔がまったく見えないが。

「これ、持ってもらっていいですか?」

段ボールが小さく上下する。確かにそんな物を持っていたら立ち上がることは難しいだろう。パンツに気を取られて気づかなかった。何度見ても素晴らしいパンツだ。

鼻を擦りつけて、くんかくんかしたくなる。

「あ、はい。すみません、ぶつかっちゃって」

「いえ、わたしこそ考え事をしてて……」

箱は異様に重かった。受け取った瞬間、中で滑る音がしたので、小さく重い物がいくつか入っているようだった。

「あの、ケガはないですか？」

「貫太……くん？」

不意に名前を呼ばれ、貫太はその子の顔をまじまじと見つめた。どうして声で気づかなかったんだろう。この可愛い顔、そして発達した胸は、さっきまで写真で見ていた商店街の姫……

「まくり!?」

「ホントに貫太くんだ！　元気だった？　わぁ、格好よくなったねー！」

まじか。いやいや、社交辞令とわかっていても、まくりにそんなことを言われたら顔がニヤけてしまう。というか、なんだこれ。ポスターを見て昔を思い出し、そして本人登場（パンツ登場）。「マンガか!?」と心の中でひとりツッコミをしてしまう。

「お、お前もその、相変わらず……だな」

『可愛いな』なんて、照れくさくて言葉にできなかった。だって女の子と付き合ったことがないのだ、仕方ないだろう？　でも、言葉が抜けたせいで少しニュアンスが変わってしまった。

「えー？　わたし、ちゃんと成長したよ？　背も伸びたし、赤ちゃんだってもう産めるんだから」

何の話だ。おい、何の話だ？

詳しく聞きたいところだけど、重要な問題を思い出してしまった。

「いや待てまくり、俺たちこんなに気軽に話しちゃまずいんじゃや？」

接近することさえ許されないのに。

「あ。そ、そうだよね。はは。せっかく、会えたのに……」

がっくりと、残念そうに肩を落とすまくり。

(あれ？　まくりの奴、本当は俺と会いたかったのか？　それとも単に懐かしんでいるだけ？)

どちらだろうか？　どちらとも取れるまくりの反応。貫太が悩んでいると、まくりが先に口を開く。

「あ、あのね貫太くん、聞いてくれる？　言いにくい……ことなんだけどね」

「オ？」

……ナニーの相談ではないよな。じゃあ、ズボンのチャックが実は開いてるとか？

いや、問題なしだ。

潤んだ瞳で上目遣いをするまくりに、貫太は思わず緊張してしまう。気のせいか、彼女の頬は少し火照っているようにも見えた。

（え、告白？　まさか俺、告白されちゃう？　まくりのやつ、実はあれからずっと俺のことが好きで、もう我慢できないからこのまま駆け落ちして、知らない町で昼も夜もなく子作りしましょうとか、そういう話されちゃう？）

まくりは口にするのを躊躇《ためら》っているようで、言葉が続かない。何か助け船を出したいが、貫太は何も思い浮かばない。むしろ、今喋ると全部子作りに関連する話題になってしまうので、黙っていたほうが正しいと言える。

見つめ合う瞳と瞳。

チリンチリンとベルを鳴らし、おばちゃんの乗ったママチャリが横を通り過ぎた。

耐えられずふと視線を外すと、尻餅をついたときに零れ落ちたのだろうか、五百ミリ缶サイズの長方形の箱がまくりの傍に落ちていた。

「それ、まくりのじゃないか？」

「へ？　きゃー!!」

その箱を拾い上げると、まくりが悲鳴を上げた。

（あれ？　もしかして）

気になることがあって貫太はパッケージ裏を確認した。そこにはこう書かれていた。

『お兄ちゃんもっと奥まで　～いつでもあかりちゃんロング（奥の入り口付き）～』

…………。

…………。

…………。

「オナホかよ！」

「貫太くん！」

「ていうか、この中全部!?」

「貫太くん!!」

慌ててオナホを奪い取ったまくりの真剣な表情に、貫太は息を呑む。

「これ、わたしのために使って!!　一生のお願い！」

まくりは昔のままだった。

◇

「男臭い……」

「第一声がそれか！」

「だってぇ」

まくりから詳しく話を聞くため、貫太は自分の家に彼女を招待した。オナホを持たせたまま置いてくわけにもいかないし。

オナホのことも気になったが、本心を言えばまくりともっと話がしたかった。今までどうしていたのかとか、学校のこととか、ポスターのこととか。

ううん、本当はもっと一緒にいたかっただけだと思う。

接近禁止の約束？　本人がいいというのだ。親にさえ見つからなければ問題ない。

「ベッド、座っていい？」

「ああ。散らかっててすまん。飲み物持ってくるよ」

「あ、おかまいなく。うーん、片付けようか？　本とか」

「勝手に触ンないこと。どこに何があるかわからなくなるから。あと発掘しないこと」

「男の子だねぇ」

ニヤニヤするまくりを置いて貫太は一階のキッチンに行き、氷を入れたグラスに冷たい麦茶を注ぐ。パキッと氷が鳴った。

むさ苦しい貫太の部屋に、お菓子のような女の子がいる。

それだけでドキドキするし、なんというかこう……エッチな展開がありそうな予感がする。

（コンドームなんてあったかな）

余計な心配かもしれないが、もしもということもある。いや、男の部屋に上がったんだから、それはもう、そういう流れになるのが自然というものだ。

【脱・童貞！】今日はお祝いだ。『母へ　今日は赤飯でよろしく。あと部屋には近づかないこと』。よし。大人の階段上っちゃうぞ？

意気揚々と階段を上って部屋に戻ると、待ち構えていたようにまくりが口を開く。

「ほら見て、このオナホ新作だって。かわいい〜」

「全部開けてるし！　って何個持ってきたんだよ！」

ノーマルの筒状のモノ、卵型、手で握った形、フェラタイプ、ビッグなお尻タイプなどなど、グロテスクなものから一見オナホとわからないオサレデザインなものまで、様々合わせて軽く十個以上ある。

「だってこれの相談で来たんだよ？　貫太くんと夢の合体！」

ガックリだ。彼女は貫太と合体することよりも、彼とオナホの合体にしか興味がない。というか、完全に貫太が使うことが前提になっている。ほんとガックリである。

とりあえず、汗をかいた麦茶のグラスを渡して、貫太は床の雑誌の上に座った。

「まくり、なんか変わったよな」

「さっきは変わらないって言ってなかった？」

「いや、あれはその……」

「もしかして美人になった？　やだもう貫太くんたら正直なんだからぁ♥」

「お前、そんな面白キャラだったたっけ？」

「がーん。聞き捨てならなーい！　そんなこと言うの、貫太くんだけだよ？」

「昔はなんというかさ、上品なお嬢様って感じで、ちょっと話しかけにくかったんだよ」

「え？　そんなこと考えてたの？」

意外という顔をして、目をぱちくりしているまくり。

「だからあのとき、急にうちに来たいって言ったのは驚きだった」

「わたし、他人の家に行くの好きなの。うちと全然違うし」

「そりゃ、お前の家ほど金持ちじゃないしな」

「違う。ルールとか雰囲気の話。むー。そういうこと言う人、キライ」

プイっと横を向くまくり。なんか軽快だな。新たな発見だ。

「ごめん。失言でした」

「持ってるお金で人の価値は決まらないでしょ？　内面の話だよ？　確かに、綺麗な服も美味しい食事もわたしはもらってるけど、わたしなんてオナニー大好きなヘンな女の子だよ？　だから、普通に接して欲しいの。貫太くんには特に。お願いします……」

はい？

色々突っこみたいところはあるんだけど、真面目に頭を下げているし、そこは後に取っておこう。

「まくりはまくりの人生において、しっかり考えてるんだな」

「何も考えてないチンチクリンだと思ってた？」

「うん」

「今すぐズボン脱げ、貫太」

「ウソです、ごめんなさい」

「…………」

「…………」

「「ぷっ」」

何が可笑しいのかさっぱりわからないけど、二人はゲラゲラ笑い合った。それだけで、会えなかった分のギャップが埋まった気がする。仲良くしたあのときに戻れた気がした。

さっきからずっとまくりが言っていたのは、表面で人を見るなということだろう。きっと商店街でも、表面でしか判断しない人たちによって『まくり』というイメージが作り上げられ、一人歩きをしてるに違いない。あのポスターなんか決定打だ。本当と嘘との板挟みで、きっとつらい目にあったんだろうな。

（まくりよ、俺の前だけでも自然にしていてくれ。自分を作らずにいてくれ。どんな風でも俺はお前を受け入れるから）

なんて、わざわざそんなことは言わない。態度で示せばいいだけだと貫太は思った。

「ごめん、ちょっとはしゃいでた。いつもはこんなんじゃないよ？　貫太くんの言う通り、上品なお嬢様なの。おほほほほ」

「もう遅いから、それ」

「あー、ひっどーい」

あはははと、また笑い合う。

一息ついたところで、まくりが「ふぅ」とため息を漏らした。

「正直言うとね、男子の部屋って入ったことなかったの。あのとき以来ね。だから緊張でアドがレナレナしちゃったみたい」

「アドレナリン？　あれ？　まくり、今まで彼氏とかは？」

「プライバシーの保護を要求します」

「うそ、いなかったの？」

それ以上言うなとビシッと手の平でストップをかけるまくりに、貫太は思わず顔がほころんでしまう。そうなのか、いなかったのか。奇跡だ。こんなに可愛いのに誰とも付き合ってこなかったなんて。入った男の部屋は自分の部屋だけだったなんて。ということはきっと、処女膜は張ったままなんだろう。貫太はゲスい嬉しさで変なテンションになってきた。

「なんでそんな嬉しそうなの？　もう、失礼しちゃう」

「いや、嬉しいって言うか、うん、ごめん。でも、学校は？　モテるんじゃない？」

「うち、女子校だよ？　貫太くんは共学だっけ？」

「あ、そうだったな。うん、共学」

「学校の友達はいるけど、百合的な展開もありませんでした。貫太くんは？」

「彼女なんていなかったよ」

「うそ！　モテそうなのに？」

（あれ？　俺ってモテそうなのか？）

「あ、ＢＬ的な性癖だった？　ごめん」

「違うわ！　謝ンな！」

くすくすと、握った手を口の前に置き笑っているまくり。笑い方も可愛い。

「やめよう、この話」

これ以上続けると傷が広がっていく気がしたのでこれにて終了。あ、でも、モテそうって言われて、ちょっと自信が湧いた気がする。

「お互い、コイバナには縁がなかったのね」

ため息ひとつ。

でも、まくりほどの美少女で彼氏がいないというのも変だ。よっぽど相手の理想が高いのか。または、行く先々でアプローチかけられまくってるのに、まったく気づかなかったという残念パターン？　どちらにせよ、攻略が難しそうである。

……おかげで生娘でいられたわけだ。

「じゃあ、さ、貫太くん。性欲って……どうしてた？」

心臓が止まるかと思った。貫太の頭の中で【性欲】の文字が乱反射している。突然なんてこと聞いてくるんだまくりは。

彼女はいたずらっぽく笑っているが、本当は照れているのか、頬が少し赤くなり、太ももがモジモジしている。

「と、とりあえず我慢してた」

「ゴミ箱、ティッシュでいっぱいだけど？」

「だから発掘するなって言ったろ!?　ていうか答えを用意して質問するのやめてくれ！」

まくりはけらけら笑っている。

ちくしょう、ハメやがったな。仕返しにまくりにハメてやろうか。

「まったく、女の子が性欲とか言うなよ」

「なんで？」

「なんでってその……」

誘ってるのか悩むじゃないか。

にゅっと、まくりの顔が近づく。唇を出せばキスできてしまうような距離だ。

まくりは貫太の目をじっと見て言った。

「女子に性欲なんてないと思った？」

ドキンと貫太の心臓が飛び出しそうになる。

まくりも成長をしているのだ。いつまでも子供の顔ではない。

これはまさか、本当に誘ってるのか？　貫太は動揺して心臓の鼓動が落ち着かない。

（まくりのしょ、処女を奪えるのか？）

「貫太くんのえっち。今、わたしの下着姿、想像してたでしょ？」

下着どころか、もっと先の、裸まで想像してました。まくりは男子の想像力の強さを侮っているようだ。

しかし貫太は貫太で、下着というキーワードに引きずられていた。まくりの顔から視線を下げると、柔らかそうな胸の膨らみがある。この服の下には胸を隠しているブラがあるのだ。まくりはどんな形のブラをしているんだろう。どんな色なんだろう？どんな匂いなんだろう……。目を細めても出ない答えに、だんだん頬が火照っていくのを感じる。

「ドコ見てるの？」

ハッと視線を元に戻すと、彼女はすべてお見通しという目をしていた。

「勃起、しちゃった？」

「！」

美少女の口から発せられる『勃起』という言葉に体の底が反応する。

そういえば股間が少し窮屈になっている。確認したくはないけれど、可愛い女子に見られるのは避けたい、ちょっとアレな感じになっているはずだ。誤魔化すように、言葉を絞り出す。

「ぼ、勃起とか言うなよ、ばか」

「知ってるよ、勃起。おち×ちんが充血して硬くなるんでしょ。わたしだって、そのくらい知ってるの。だってあの日、貫太くんが教えてくれた言葉だもん」

そうだ。『ボッキ』という言葉を、よくわからず貫太は使った。しかし、まくりはその言葉をずっと覚えていてくれた。

「わたし、あの日のこと全部覚えてるの。貫太くんが言ったこともぜーんぶ」

嬉しいような、くすぐったいような。

「悪かったな、変なこと教えて」

「おかげでわたし、ちょっとえっちな女の子になっちゃった」

小さく舌を出し、小さな告白をするまくり。

しかしその表情が霞むくらい、貫太の頭の中では「えっちな女の子」という言葉が繰り返されていた。そういえばさっきオナニーがどうとかって言っていた。ここは詳しく聞かねばならない。

「ど、どんなふうに？」

「知りたい？」

もうあの頃の貫太じゃない。えっちな女の子がどんなものか、男の肉棒でどう喘ぐのか知っている。残念なことに、すべて動画サイトで得た知識だが。

だからこそ、実際に見てみたい。してみたい。初めてはまくりみたいな美少女がいい。

「あのときの続き、しちゃう？」

「し、ちゃう！」

ついにセックスできる!?　そう確信し、飛びかかろうとしたとき、

「はい、どうぞっ！」

貫太の目の前に何かが差し出された。

コンドームだろうか？　いや、それは太くて長い……

「オナホ!?」

「使お？　オナホ♥」

まくりは満面の笑み。

「え？　どういう……あれ？　どこからオナホの話になってたんだ!?　そうじゃないだろ？　続きなんだから俺たち……」

「あのときはわたしがオナニーしたから、今度は貫太くんが見せる番でしょ？」

「そういう続きか！」

ぷらんぷらんと、オナホを揺するまくり。うなだれる貫太。

「あれからわたし、オナニーと勃起のことばかり考えるようになって、大変だったんだから。気づいたら辞書にマーカーで線を引いちゃったり」

中坊かよ！　とツッコミを入れる気力もなく。

「さすがに人には貸せないから、家でしか使えなくなっちゃったけど……」

（冗談で言ってるんだろう？）

そう思ってまくりの顔を見ると、好奇心に満ちた目をキラキラと輝かせていた。だめだ、これは本気の目だ。まくりは……街のアイドルは残念な子でした！　貫太はやる気が一気に萎んでしまった。

いや待てよ、と貫太は思い直す。ここは彼女の言うことを聞いて親密な仲になるほうが得策かもしれない。もしかしたら、代わりに何かエッチなことを要求できるかもしれない。

「そんなに……使って欲しいのか？」

「うん！」

「もしかして、さっき会ったときから期待してた？」

「えへ。計算もできる女になりました」

明るく敬礼するまくり。

はぁっとため息ひとつ。そういえば重要なことを聞き忘れていた。

「そういえば、このオナホってどうしたんだ？」

どう見ても全部新品だ。まさかアダルトなショップで買ってきたんだろうか？　まくりってそんなところに出入りしてるのか？

「あ、これはね……そう……」

まくりよ、遠い目をしてオナホを見るな。

「ある日、いてもたってもいられなくてモヤモヤしてたの。だってそうでしょ？　あれから毎日オナホのことを考えていたのに、実物を持ってなかったんだもん。もちろんお店に買いに行く勇気なんてなかったわ？　代わりに買ってくれる彼氏もいなかったし。だからつい応募しちゃったの。女性誌の懸賞に。百枚くらい」

（どこまで欲望をこじらせてるんだよ！　って、百枚って百冊買ったってことか！　だから金持ちは！　ゴミ収集のおじさんもビックリだよ！）

その不可解な行動力、エロいことしか頭にない男子中学生と同じなんだけど、わかっているのか？　まくりさんよ。

「そしたらね、当たっちゃった。オナホール一年分。うそみたいでしょ？　さすが、毎日神社でお願いしてただけのことはあるよ」

「神様の無駄遣いだ！」

だから十二個もあるのか。毎月違ったオナホが楽しめますってことなのか！

しかし、ひぃ、ふぅ、みぃ……オナホはよりどりみどり、なぜか十三個置いてある。

貫太の所有物が混じったわけではない。なぜなら、両親に見つからないように本棚の間に巧妙に隠してあるからだ。その場所をまくりがいじった形跡はない。第一、ホールの形が違う。

するとあれだろうか？　十三月まであるカレンダーと同じ理屈なのだろうか？　カレンダー付きオナホとか新しいかもしれない。しかし、どのオナホにも月らしき数字は書かれていなかった。当たり前だが。

「でもね、さすがに家に置いておくのは危険じゃない？　ママに見つかったら、また大変なことになりそうだし。だから困ったわたしは、学校で一番エロい人をまず探して相談したのね。あ、知っての通り女子校だから女の子だよ？　そしたら、その子のお兄ちゃんがオナホ大好きだから引き取ってくれるって」

「で、その途中で俺に会ったのか」

「貫太くんのことも考えたんだよ？　一番最初に。だって、貫太くんなら喜んで使ってくれそうだし。ひゃっほーいって言いながら」

（まくりの中の俺のイメージって一体……）

「でも連絡取るわけにはいかなかったし。ごめんね貫太くん。貫太くんの大好きなオナホを他の人にあげようとして」

「だから、俺のイメージってまくりの中でなんなの!?」

「オナホにモテまくり師匠」

「うわー！　うわー！　嬉しくねー！　オナホにモテまくっても嬉しくねー！」

「最近のオナホって、昔貫太くんに見せてもらったのとは大違いで、なんだかデザインチックだよね。うわ、ほら見て。この穴、なんだかいやらしい」

嬉しそうに、ホールに指を出し入れしているまくり。

「ほらほら、こんなに柔らかい……うわあ……いやらしい……」

なんだか、まくりが自分の穴を弄っているような錯覚に陥り、貫太は股間が熱くなってくるのを感じた。

「貫太くんのをここに入れたら、きっと気持ちいいよ？」

ごくりと喉が鳴った。そうなのかもしれないと、半分暗示にかかっていた。まくりみたいな美少女に見られながらシゴいたら、いつもよりも激しくイける気がしてきた。それはもう、まくりに入れているのと同じ感覚かもしれない。

「ね、入れてみようよ？」

ぐにゅぐにゅぐにゅぐにゅぐにゅぐにゅぐにゅ。指がホールを弄ぶ。

「いや、俺はまくりに入れたい！」

本能。暗示にかかりつつも、貫太の生殖本能はその呪縛を解くことに成功した。他の子が提案したなら、そのままオナホに挿入していただろう。でもまくりなのだ。まくりとオナホ、この二択でまくりを選ばない男はこの世にはいない。

「まくり、そんなの使うより、セックスしよう。俺はオナホよりまくりに入れたい」

　ボッとまくりの顔に火がついた。

「だ、だめっ」

「なぜ？　そっちのほうが気持ちいいよ。俺もまくりも気持ちよくなれるよ」

「なんで童貞の貫太くんが知ってるの？」

「AVで超喘いでるじゃん。って、童貞は余計！」

「見たことないけど、どうせ演技でしょ」

「夢壊すようなこと言うなよ！　八十パーセント……いや、半分くらいはマジなんだって！」

「w」

「ネットスラングで笑われた!?『何も知らないお子様ね』って顔すンなよ！　大体、まくりだって処女なんだから、気持ちいいかどうかなんて知らないだろ？」

「それはそうだけど……」

「だからやってみよう！　ドーンとやってみよう！」

「わたし、結婚するまではセックスしないって決めてるの」

「なら結婚しよう！　今すぐ！　婚姻届は二十四時間いつでも受け付けてくれるそうだよ？」

「豆知識きた⁉　もう、セックスしたいために結婚するとか言わないで。わたしたちまだ学生なんだから」

「学生結婚ってカッコイイよな。なんかこう、優越感に浸れるって言うか」

「わかってるの？　結婚して赤ちゃんできたら、お金かかるんだよ？　わたし子供三人は欲しいし、みんな私立に入れたいから、大学まで行くと一人あたりの教育費は三千万円はかかるのね。三人だと約三倍。ほらね、二人とも働いてからじゃなきゃ無理でしょう？」

「現実的すぎるだろう！」

なんで女の子ってこう、自分のことになると急に現実的になるんだ。

「でも医大なら五千万円よ。それよりはマシでしょう？」

「そうだな、医大はやめておこう。あと、学生結婚はなしだ」

って何の話だ。

「はぁ。よかった」

（あれ？　今の話、子供作ること……俺と結婚すること自体、いやとは言ってないような？）

「いざとなったら家からお金を借りて……ううん、だめだめ。自立しなきゃ。でも将来の旦那様の収入如何によってはわたしも収入で職業を選ばなきゃだし……」

まくりは何かブツブツ言いながら、はぁっとため息をついている。

(今はいやじゃないなら、うまく続けていけば俺とまくりがそうなる未来もあるのかな？)

貫太の顔が明るくなる。そしてだらしなくニヤけた。

「わかった、やるよ！　俺、オナホ使う！」

「急に!?　え？　教育費の話とどう繋がったの？」

今は言えない。余計なことを言って引かれても困るし。

今まで彼女がいなかったとはいえ、貫太は何度か告白をしたことがある。が、告白の際につい余計なエロ話や将来設計まで語ってしまい、ドン引かれてフラれてしまったのだ。それにより、『とにかく余計なことは最初に言わない』と学んだのであった。

(やっぱり結婚するならまくりみたいな美少女だ。こんな明るくて可愛くてエッチなことに興味がある子なら、昼も夜も退屈しないはずだ。そうだな、朝は目覚めのチューで起こされ、ああん遅刻しちゃう～なんて言いながら出社前のセックス。夜は帰ってきて一緒にお風呂に入りながらのセックス後、ベッドでしっぽり第二ラウンドだ。子供は好きみたいだし、いい母親になるだろう。あ、料理は得意だろうか？　あとで聞いてみよう)

貫太は都合のいい妄想を一瞬で行い、「間違いない、人生設計をこの路線で行こう」と心に決めた。

「まぁいいじゃないか。ささ、どれ使う？　これにするか？」

近くにあった卵形のオナホを手に取ってみる。

「えっと……ね」

ど・れ・に・し・よ・う・か・なと、まるでショーウインドーに並んだケーキを選ぶように、オナホを選ぶまくり。

そして、ひとつのオナホに視線が止まった。

「あ、それにするか……？」

「待って待って！」

オナホに手を伸ばした貫太を必死に制止する。

「とっておきのヤツなのか？」

「そうそう、とっておき。うん、最初に使っちゃダメなの。……うーん、でも使って欲しい……けど満足できるか自信ない……」

そのオナホは、この中で一番不格好だった。まるで試作品のような洗練されてない感。それで貫太は謎が解けた。ひとつ多く十三個あったのは、それがメーカーから提供された試供品、つまりおまけだったからだろう。カレンダーじゃなかった。

「とりあえずメジャーなヤツにしようぜ。無難かもしれないけど、俺が気持ちいい顔するほうがまくりも嬉しいだろう?」

「貫太くんがオナホを使って喜んでいる顔……オゥッ、オゥッ、って叫びながら……」

「待て。そんな声は出さないだろ普通」

「ふぇ!?」

「『そんなバカな!?』みたいな顔しないでもらえますか?」

「そんなバカな!?」

「言うのかよ! まくりだってオナニーするとき、そんな声出さないだろ?」

「ふぇ……。わたしの声……?」

あ、真っ赤になった。自分のことには耐性ないんだな。可愛いヤツだ。

「まくり、さっきオナニーと勃起のことばかり考えてるって言ってたよな。まくりはオナニーのとき、どんな声出すんだ?」

「お、女の子にそんなこと聞いちゃ、めっ」

「言わないと、オゥッ、オゥッ、って言ってることにするぞ」

「そんな声出さないよぉ」

「オゥッ、オゥッ、まくりイッちゃううううう!」

「もう! 普通に、あっ、とか、はんっ、とかよ」

うわ、聞いてみたい。普通と言われると、どう普通なのか気になって仕方ない。

「まくりって何をオカズにしてオナってるんだ？」

駅で見かけた男の子に公衆便所に連れてかれて、個室でパンツを脱がされて壁に手をついたまま後ろから激しく……なんてシチュエーションだったらどうしよう。いやまさか、ＡＶじゃないんだし。でもそのくらいのギャップがあるほうが面白い。そうなら、今からその夢を叶えに行こう。そうしよう。

「まくりの変態」

「何も言ってないでしょ！」

いかん。妄想で受け答えをしてしまった。

「ねぇ、わたしのことはいいから。ほら早く。録画準備できてるから」

「スマホで録画すんな！　流出したらどーすんだよ」

「大丈夫。顔は映さないから」

「発言がだんだんゲスになってるんだけど!?」

まくりのエロレベルがまったく摑めないよ！　どうなってンだこの子！

「わたし、貫太くんをオカズにしたいから！」

ガーン！　トドメの一言に衝撃が走る。そんなことを言われたのは初めてだし、嬉しいような恥ずかしいような、頭の中が真っ白になり、変な感情が貫太の中に渦巻いていた。

（告白？　告白されたのか俺？）

いや、違うと思います。

（変態？　変態なのか、まくりは？）

正解です。

「だって、オナニーに目覚めてから気になる男の子とかいなかったし、芸能人とか具体的な人を想像すると知らない人にレイプされてるみたいでいやだし……。第一、男の人のアレを生で見たことがないからちゃんと想像できなくて、単に自分の指の感覚だけで気持ちよくなってて……って、もう勘弁して！」

まくりは真っ赤な顔を両手で押さえて、ふるふると顔を振っている。変態ではあるが、やっぱり女の子なのだ。（ちなみにまくりは理系なので、具体的なデータがないと頭が働かない）

「し、仕方ないな。まくりのためだもんな」

貫太の中で嬉しいの感情が勝ったらしい。意外……でもないが、貫太はチョロかった。まくりのためなら、流出してもいいかと思えた。

「じゃあ貫太くん、ズボン脱いで」

貫太は頷き、ズボンを脱ぐため立ち上がる。よし、とチャックを開けようと指をかけると、強い視線を感じた。

「なぁ、向こう向いててもらえるか？　一応恥ずかしいんだけど」

「わ、わたしだって恥ずかしいよ。でも、どうせ見るんだからいいじゃない。さぁ、男らしく、パッと脱ごう！　しっかり見てるから！」

まくりは真っ赤な顔をしているが、今にもよだれが垂れそうなだらしない口と、好奇心に満ちた目をしてスマホを構えている。本人の言う通り、本物のペニスなんて見たことがないのだ。こんなに可愛い子でも性に興味がある年頃である。興奮で少し息が荒くなっていても仕方ないというものだ。

貫太は恥ずかしいと思いながらも、いっせーのせでズボンを脱ぐことにした。願わくば、まくりが自分のペニスを見て喜んでくれますように。いっせいの……

「せっ」

「ひゃあっ！」

ビヨンっと元気よく現れたペニスに、まくりが驚きの声を上げる。そして、黙って食い入るようにペニスを見た。

「これが……おち×ちん……」

「どうだ？　感想は」

「逞しくて、ステキ……。わたしのオナニーが捗《はかど》る……」

それはよござんした。

貫太はオナホを使いやすいように、ベッドのまくりの横に腰かけた。

そして、有名な赤白シマシマのオナホを手にする。瞬間、

「わたしにやらせて！」

興奮したまくりに、勢いよくオナホを奪われた。

（まくりが挿入してくれるのか？　すごい。女の子に、街のアイドルにそんなことされる日が来ようとは！）

「あ、よく拭いておかないと」

まくりはどこから出したのか、ウェットティッシュでホールを拭きだした。

「何してんの？」

「大事なところに触れるんだから、きれいきれいしておかないと」

まくりって、軽い潔癖症なんだろうか？　そんなことを考えている間に掃除が終わり、彼女はオナホを握りしめた。

「貫太くん、覚悟はいい？　オナホちゃんが童貞奪っちゃうから！」

「オナホに奪われたくねぇよ！　そんなのノーカンだ！　つか、まずローションを」

「えい！」

ローションを塗っていないオナホをぐいぐいと、力強くペニスに押しつけてくるまくり。

「痛い痛い！　待て！　まくり待って！」

「痛いのは最初だけだよ！　天井のシミを数えている間に終わるから！」

「お前アイドルだろ！　ゲスいこと言うな！　っていうか、無理だから！　ローションつけなきゃ無理なの！」

ほえ？　と、顔に『?』マークを浮かべるまくり。とりあえずオナホはペニスから抜いた。多少赤くなっているものの、ペニスは無事だった。

「ホールって狭くできてるから、ローション塗らないと痛いだけなんだよ」

「目から鱗が落ちました。ごめんね、わたし、全然知らなくて……。そっか、この小さなローションボトル、
ペニスに手を合わせて謝るまくり。いや、間違ってはいないんだけどさ、なんかおかしな絵だ。

「ふぇ、おち×ちん小さくなっちゃった」

「さすがに身の危険を感じたからな」

大丈夫？　どうしよう？　と、まくりが困った顔を……

「まくりさん、ち×ちんに困った顔を見せても、そいつは何も答えられないよ」

「え？　あ、う、うんそうだよね。あは、小さくなったのも初めて見たから、面白いなって」

まくりには初めての体験ばかりだ。好奇心も旺盛なので、あらゆることが楽しくて仕方がないのだ。

「また大きくできる？」

貫太はここでキラリン☆　とひらめいた。貫太の目的は、あくまでまくりとセックスすることだ。まくりにもっと性的興奮をさせて、そういう流れに持っていかなければならない。

「まくりのパンツが見たい」

「なななな、突然何言い出するる!?」

「あんな怖い目にあったから、もっとエッチな刺激がないともう勃ちそうにないんだよ。俺、まくりのパンツを見れたら、興奮してギンギンになれる気がするんだけど」

「えー？」っと、今日一番の困った顔をするまくり。まくりの目的はあくまで貫太にオナホを使ってもらうことだ。だから貫太が望むのであれば、とても恥ずかしいことは言え、見せてもいいかなって思っている。そう、貫太のオナニーシーンさえ記録できれば、まくりのオナニーライフは遙かに充実する。それさえあれば、この先一生独身であっても大丈夫かもしれないという希望さえ湧いてくる。パンツ程度でそれが得られるなら安いモノである。

昔、貫太の前で初めてオナニーをしたときもパンツは見せた。しかし今と違ってお子様パンツだったから、今考えればさほどダメージはない。しかし困った。街のアイドルだけに、不意に見られてもいいよう、いつも下着には気をつけている。が、今日は完全に予定外の外出なので、見せても大丈夫なパンツを穿いてきたのか忘れてしまった。もし失敗して貫太を萎えさせてしまったら、まくりのオナニーライフが大きく後退してしまう。

「チョットマッテネ、確認シマス」

貫太に背中を見せ、スカートをまくってパンツを確認するまくり。

よしっ！　よくやったわたし！　と小さくガッツポーズ。どうやらお気に入りのパンツを穿いてきたらしい。

スカートを元に戻し、貫太のほうに向くまくり。一瞬貫太と目が合い、恥ずかしさで横を向いた。その頬は真っ赤だ。

「あんまり見つめないでね」

そう言ってスカートの両端をつまみ、自らゆっくりと、ぎこちなく捲り上げていく。

貫太は動いているスカートの端を凝視した。しまった、録画しておくべきだったとあとから思った。

まくりの健康的な白い太ももがだんだんと露わになっていく。若さと呼べる、一切の曇りがないつるつるの肌。

そうだ、昔もスカートから覗くまくりの太ももを見ていた。

あのときとは比べものにならないくらい、なんだか艶めかしい太もも。

恥ずかしさを誤魔化すためか、まくりの足が一瞬ピクンと揺れた。同時に、太ももがぷるぷると柔らかそうに波打つ。

貫太は今すぐその太ももにしゃぶりつきたかった。まくりが勘弁してと涙ながらに懇願するまで舐めてやりたかった。

しかし今は我慢だ。作戦が台なしになってしまう。まだ興奮するには早いのだ。

まくりの手は止まることなくスカートを捲り上げていく。

スカートの中の空気が、ゆっくりと男子の部屋に拡散していく。

スカートの端から白い布が顔を出した。まくりが穿いている、レースがついたお気に入りの可愛いパンツの最下端だ。

まくりの少し膨らんだ肌を隠すクロッチ。あそこに貫太の目的とするまくりの女の部分が大事に隠されているのだ。貫太は息が荒くなってきた。彼女は貫太のためだけに、スカートを捲り上げ、パンツを見せてくれている。貫太にとって二度目のパンツ。きっとまくりのパンツを見たことがある男子は、世の中で貫太だけだろう。

スカートはへそまで捲り上がり、パンツが完全に露出した。まくりらしい綺麗なパンツ。綿のパンツ。清純を絵に描いたようなパンツ。男を知らないパンツ。大人と子供の間のパンツ。

「ねぇ、見すぎだよぉ……」

消え入りそうな声でまくりが懇願する。

今すぐパンツをずり下ろして割れ目を開き、奥まで突き抜けたい衝動が湧き上がる。

「まくり、足をもっと開いて。股の間の布を見たい」

まくりにはすぐにわかった。あそこを隠している部分の布をもっと見たいという意味だと。

まくりの股間がきゅんっとすぼまった。貫太は自分の体に興味を持っている。いやらしいことを想像している。でもそれは、女の子なら誰でもいいという欲求に違いない。まくりは意外と自分に自信がなかった。だから貫太が自分のことを特別視するとはとても思っていなかったのだ。今まで男子と付き合ったことがなかったことも自信のなさとして表れている。でも、まくりにとっては、貫太はオナニーを教えてくれた特別な存在。その貫太の要求にはなるべく応えたかった。自らのオナニーライフのためでもあるが、貫太にはもっと興奮して欲しかった。

「う、うん……」

しかしまくりにとって、股を広げることには少々抵抗があった。昔から女の子は脚を広げるなと母親に教育されていたからだ。昔オナニーを貫太に見せたときはそんなに気にしてはいなかったが、今なら理解できる。男の子に脚を広げてみせることが、とてもはしたない行為なのだと。しかしまくりは頑張る。

「こ、こうかな」

脚を開く際に脚の位置がずれたのだろう。クロッチにできたシワが、綺麗に斜めに走っている。貫太はいつも、パンツにできるシワの重要性を考えていた。シワのないパンツはただの布にしかすぎないと。シワが入ることで、パンツは初めて生きるのだと。

「脚はそのままで、腰を左右交互に前に出して」

貫太の要求通り左、右、左、右と腰を動かすと、パンツにできるシワが、左斜め、右斜めと変化していく。その光景を目の当たりにして、貫太はもう射精しそうだった。

「あ、勃起してきた」

貫太はハッとなった。これでは作戦失敗である。

貫太の作戦は、このまま勃起しなければ、まくりに過激な要求ができるに違いないというものだった。そして最後にはアレをソレして見事合体する予定だ。貫太は一貫してまくりとセックスがしたいのだ。だから我慢である。

（素数を数えればいいんだっけ？　二、三、五、七、十一……）

「じゃあ、今度こそ♥」

まくりはいつの間にかローションをセットしたオナホを持っている。穴の奥が塞がった非貫通型なので、口を下にしなければローションは垂れない。

（えーっと、四十一の次は何だっけ？　まずいまずい、素数程度ではダメか。こうなったら、ネットで見た恐怖話を思い出して……）

「また痛かったら言ってね♥」

「こえええええええっ!!」

「え、なに!?　突然!?」

「あのとき、電気を点けてたら大変なことに……」

「?・?・?・?・?」

「いや、ごめん。違うことを考えてた」

壁に『電気を点けなくてよかったな』と書かれていたオチのホラーを思い出したらしい。ちなみに次点として用意したのは、何の変哲もないネットの画像を見ていたら、急に顔面白塗りの顔が表示される、よくあるアレであった。

「もう～。わたしのことだけ考えて！　激おこだよ」

「ごめんごめん。おや、まくりさん、パンツが隠れているようだよ？」

「え、だって、スカート下ろさないとホール持てないし」

「しかし見ろ、俺のオニンニンはへにゃへにゃモードだ」

「ほんとだ！　わたしのパンツ、そんなに重要だったなんて！」

でも、ちょっと嬉しいまくりであった。意外とこの子もチョロイのだ。

「はい、じゃあいっぱい見てね♥　ふふーん♥」

気分よく、今度はガバッと大胆にスカートを捲る。なんだったら、このままスカートで貫太の頭を抱えてしまおうかとか思ってしまうくらい、嬉しかった。しかし、しーん。

貫太のペニスはピクリともしなかった。

――もちろん、やせ我慢なのだが。

「へ？　なんで？　どして？」

「だめだまくり。一度見たパンツじゃもう勃たない」

「そんな！『一度見た技は通用しない』とかいうバトル漫画のノリなの!?　じゃあ、着替えを……」

しかし、今日は替えのパンツを持ってこなかった。女の子の日じゃなかったし、まさかこんな展開になろうとは思っていなかったのだ。

「……貫太くんのパンツ穿こうか？」

それはそれでマニアックなプレイだが、貫太は丁寧にその提案を断った。やはり女の子は女の子のパンツを穿いてナンボなのだ。それにもし、パンツに付着した精子のせいで、中出しする前に妊娠されたらさすがに凹むからだ。

「はぁ。まくり、全然ダメだ。今日はもう止めよう」

「ええー？　いやっ！　お願い、頑張って！」

まくりは慌ててペニスを触ろうとする。直接刺激を与えればなんとかできる気がしたのだ。しかしその直前で動きが止まる。ダメなのだ、他人が直に触ってしまっては彼女の考えるオナニー道に反するのだ。あくまで自らの手足のみ。使ってもサポートグッズまで。彼女はそれ以外認めないのだ。恐るべきまくりのオナニー道。弟子入りはまっぴらご免だ。

「まくり、いい方法がある」

「なになに!?」

「パンツ脱いでくれ。俺、女の子のソコを生で観たことないから、きっとめっちゃ勃起するよ」

「だだだだだだだだだだだだだだだだだだだだだだだだだだだだだだだだだだだだだだだだだだだだだめ！　だめだめだめ！」

ものすごい勢いで拒否された。

「お願い、それだけは許して！　パンツならいくら見てもいいから！」

ですよねー。

しかしこれは貫太の予定通りである。できないことを言って拒否され引っこめれば、相手は申し訳ないと思い、その次の少し下げた要求を受け入れやすくなるらしい。何かの本で読んだ知識だが。

もっともまくりは、性器を見せることへの抵抗もあったが、もし見せるのであればシャワー付きトイレで一応綺麗にしてからにしたかった。変態なれど女の子である。ヘンなふうになっていないか手鏡で確認もしたかった。しかしそれだと結構時間がかかってしまうし、冷静になった貫太がもう協力してくれないいんじゃないかと思った。ちなみにその手鏡は、まくりのオナニーパターンその六『鏡を見ながら性器をいじる』で使う、半透明のブルーの小さな鏡で、ポーチの中に入っている。

「わかった。なら、もっとよく見せてくれ」

貫太は作戦通り、ベッドに仰向けになる。まくりは意味がわからず、静観している。

「まくり、俺の上に四つん這いになってくれ」

「……。なるほど、パンツ、よく見えちゃうね」

頭のいいまくりは、指示の意図をすぐに理解した。犬が西向きゃ尾は東。まくりの顔をペニスに向け、お尻を貫太の顔のほうに向けるのだろう。貫太とパンツの距離は、あっても数センチ。貫太の視界はパンツだらけになるハズだ。

まくりはどちらかというと感心した。この男、エロいことになると本気だと。

　今さら拒否するわけにはいかない。拒否したら、絶対脱げって言われるに違いない。まくりは覚悟を決めてベッドに上がり、貫太の上に四つん這いになる。６９の体勢だ。まくりの大きな胸が貫太のお腹に乗ったが、貫太はパンツに夢中で気づいていないようだった。

「パンツ替えてないけど、これで勃起するの？」

「大丈夫だ。こんな至近距離は初めてだ」

　貫太が喋ると、呼吸がお尻を撫でる。そんな距離に貫太の顔があるのだ。まくりはぞくぞくっと震えた。貫太はきっと、布の繊維までしっかりと見えていることだろう。

「ちょっと、恥ずかしいかな」

　まくりはさりげなく、スカートを手で押さえた。

「邪魔」

　貫太が手首を握ってどかす。

「あのね、貫太くん。その、に、匂い嗅ぐのはなしにしてね」

　こういう場合、余計なことは言わないほうがいいものだ。怒られる気がしてさすがに貫太も好奇心を抑えていたのだが、もう我慢できなくなった。少女のパンツの匂いを嗅ぎたくて嗅ぎたくて仕方ない。まくりのそこはどんな匂いがするんだろう？　甘い香りだろうか？　興奮と共にペニスが膨張する。

まくりが「しまった」と思った瞬間、貫太は目の前にあるお尻の側面を鷲づかみ、顔をパンツの谷に埋もれさせた。

「すーはー、すーはー、すーはー、すーはー、すーはー、すーはー、すーはー、すーはー、すーはー、すーはー、すーはー、すーはー、すーはー、すーはー、すーはー、すーはー、すーはー、すーはー、すーはー、すーはー、すーはー、すーはー、すーはー、すーはー、すーはー、すーはー、すーはー、すーはー、すーはー、すーはー、すーはー、すーはー、すーはー、すーはー、すーはー、すーはー！」

「こらこらこらこらー!!　長い！　長いから！」

まくりはなんとか逃げようとするが、男の力に勝てるはずがない。完全に吸われ放題になってしまった。あまりの恥ずかしさに顔が真っ赤になる。

「すーはー、すーはー、すーはー、すーはー……はぁ」

まくりが諦めた頃、貫太はやっとパンツから顔を離す。長年嗅いでみたかった女の子のパンツの匂いを十分堪能した。洗いたての石鹸の匂いの中に、甘酸っぱく女っぽい官能的な香りがした。全身が震えるような匂いだった。

「まくり、石鹸のいい匂いがした。あと女の子っぽい匂い」

「ばか！　ばかばかばか！　言わなくていいからぁ！　もうしないでって、ええ!?」

貫太は頬をパンツにすり寄せた。頬に伝わる柔らかい綿越しの温もり。温かい。温かいまくりのお尻。柔らかい。柔らかすぎて天国。貫太は強く顔を振ってお尻を擦る。

「ひぇっ、ひにぇぇぇぇぇぇぇっ！」

　普段オナニーばかりしているまくりだが、他人から、男の子から性的な刺激を受けたのは初めてである。正直、男の子にお尻を触られたこと自体初めてなのである。

（通学は車なので、痴漢に遭ったこともない）

　未知の刺激に、お腹の奥からぞわぞわとくすぐられるような不思議な感覚が湧き起こる。オナニーしているときとはまったく違う感情。快感。まくりはお尻に顔を押しつけられ、快感を覚え始めた。

（だめ、もっと擦って欲しくなっちゃう。顔ですりすりして欲しくなっちゃう）

　まくりはこの感覚をもっと感じたかった。しかし同時に、溺れてしまってはダメと止める理性も働いた。

　性の匂いに気づくと、目の前にはギンギンに勃起したペニスがある。

　そうだ、わたしはこれをしなきゃいけないんだと思い出した。

　まくりは快感に震える手で、持ったオナホを構えた。もちろんスマホのカメラは動画モードにしてベッドの横に置いてある。ペニスの先からゆっくりとオナホで咥えこもうとする。

　ふと一瞬手を止め、貫太が観ていないと確認し、まくりは秘密で唾液を垂らした。

その液ごと、オナホはペニスを咥えていく。じゅぶるじゅぶると粘る音を立て、ペニスが隠れていく。ビクッビクッと貫太が震えるのを感じた。

貫太の震えを察知し、まくりは歓びを感じる。自分の持ってきたオナホで彼が感じてくれている。まくりの体にスイッチが入った。そしてゆっくりとオナホを上下に動かし始める。ペニスを傷つけないように気をつけながら。

「んくうっ」

貫太は奥から湧き上がる快感に震えている。シリコンのホールであることは普段と変わりないのに、自分でしているときとはまるで違う感覚。自分の部屋で昼間から、まくりという美少女にしてもらっているという不思議な状況。目の前の女の匂い。よく観ると、クロッチにシミができていた。まくりは感じている。お尻を擦られ、ペニスをしごきながら感じているのだ。貫太はその味を知りたくなり、誘われるように舌を出した。ぺろりと舐めると、舌の上に蜜の味を感じた。まくりの蜜。えっちな蜜。貫太はそのシミを執拗に舐め始める。すると、ビクンッとまくりの躰が震えた。

「な、舐めちゃだめ……」

貫太は返事ができない。甘い蜜を舐めることに精いっぱいなのだ。まくりのアソコからは愛液が溢れ出ていた。パンツ越しとはいえ、舌の熱さやぬるっとした唾液の感覚を感じているのだ。愛液と唾液が混ざり、クロッチのシミがどんどん広がっていく。

「貫太くん、だめだってばぁ……」

オナニーのときに男の子に舐められたらどんな感じだろうと想像したことはある。しかし現実はそれ以上だった。言い表せない快感と恥ずかしさ。舌のニチョニチョした動きを敏感な場所で感じ、まくりはだんだん息が荒くなってくる。

まくりはついにいやらしい声が出そうになり、慌てて両手で口を塞いだ。

「まくり、気持ちいいなら声出していいよ」

「やだぁ、恥ずかしいよぉ」

しかしついに我慢できなくなり、右手を股間に伸ばした。オナニーしたくてたまらなくなったのだ。自分自身でもっともっと強い刺激を与えたくなった。

もぞもぞと手を動かし、パンツの中に指を滑りこませる。薄い皮の中に目的の場所があるのだ。爪で皮をどけてクリトリスを表に出した。小さい頃からもう何度も行っている行為。中指の腹でゆっくりゆっくり、円を描くように慰め始めた。

「んっ、はぁ……ああんっ……」

目の前には、オナホで刺激されている貫太の太いペニス。そして股間はパンツ越しに舌で舐められ、指はクリトリス。まくりは初めての出来事に興奮し、このままずっとこの状態が続けばいいのにと思った。

「すげぇ……」

貫太はまくりが自分でクリトリスを弄り始めたことに驚いた。女の子のオナニーを目の前で見ることになるとは思っていなかった。そして、直接弄っているまくりがずるいと思い始めた。もっともっとまくりを気持ちよくしてあげたくなった。

「え？　舐めて……舐めて貫太くん……やめちゃいやぁ……」

貫太は一度顔を離し、パンツの両端に手をかける。そして、一気にそれをズリ下ろした。ふわっと、生暖かい空気が顔に当たる。

最初に見えたのは、シワシワの小さな窪み。菊門だ。そして目の前に広がる、どの男にも見られたことがないクレバス。そこをむにゅっと広げると、呼吸するように揺れる薄いピンク色の口が見えた。その奥からは汁がだらだらと溢れだしている。これがまくりのおま×こだ。感動で貫太の心臓が飛び跳ねる。

「えっ!?　いやっ！　下ろさないで！　洗ってないの、見ないで！」

何が起きたのか意識したまくりは、慌てて快感の指を止め、パンツを持ち上げようとする。しかしそれより早く貫太は息を吸い、膣口に吸いついた。そして直接、汁まみれのヒダをべろべろとしゃぶり始める。

「はうっ！　や、やだ！　舌!?」

強い刺激に、まくりがビクンと腰を前に出した。本能的にこの刺激から逃げたかったが、貫太がしっかり押さえているので逃げられない。貫太はわざと下品に音を立て、美味しそうに舐めている。ピチャピチャという水音が部屋中に響き渡った。

「だめっ、洗ってないから、そんなに舐めちゃ……あっ、きたないの……あん、舌、熱い……んっ、そんな奥まで入れないで……ああんっ」

「舌で洗ってあげるよ」

ビクビクとまくりの腰が震える。まくりはあまりの恥ずかしさに、お腹に強い緊張が走り、顔の口を大きく開けた。興奮しすぎで口でしか呼吸ができなくなっている。

「まくり、すごい溢れてくる。まくりの汁、ずずずっ、すごく、すごくエッチな味がするよ。ずずずずず……」

「飲んじゃいやあああ！」

激しい羞恥心がまくりを襲う。今までの人生で、ここまで恥ずかしかったことは一度もなかった。まくりだって好奇心がある。自分の愛液を試しに舐めてみたことはあった。しかし、とても舐められたものではなく、ウッとなってしまった。そんな愛液を貫太は熱心に舐めてくれているのだ。とても怖かった。もう許して許してと、心の中で必死に念じていた。貫太に否定されたらどうしようという不安でいっぱいだった。

しかし、いつまでも舐めることを止めない貫太に、自分を肯定してくれているのではないかと思い始めた。自分の性器を受け入れてくれるような気がしてきた。ぽっと温もりに包まれ、まくりの躰にどんどん快感が溢れてくる。

（貫太くんがわたしのえっちなところをぺろぺろしてくれてる……おつゆも飲んでくれている……ソロプレイじゃ絶対味わえない快感……わ、わたし、イキ、イキそう！）

まくりの腰が小刻みに動くようになってきた。肛門も大きく深呼吸するように開閉している。

「まくり、イキそうなのか？」

「う、うん、イキそうなの。貫太くんにぺろぺろされて、クリトリス弄って、わたし、もう、気持ちよすぎてイキそうなの……イキそうだよぉ！」

「俺の舌、そんなにいいのか？」

「うん、貫太くんの舌、最高なの。一番気持ちいいの。あそこが、あそこが、気持ちいいの！　あっ、イク……イクね、んっ、わたし、貫太くんのお部屋でイッちゃうね、いいよね？　許してね？」

「だめだ。俺もまくりと一緒にイキたい。俺をイかせるのが目的なんだろ？　ほら、もっとオナホを動かして。オナホに合わせて舌を動かすから」

「いやいや！　わたしすぐにイキたいの。もう止まらないの。あっお願い、舐めるの止めないで、止めないで」

貫太はまくりの手の上からオナホを握った。舌でまくりのアソコを責めながら、下半身ではオナホを上下に動かす。すると不思議なことに、本当にまくりの膣に入れているような感覚になってきた。

「んっ、まくりの膣、気持ちいい！　ヒダヒダが絡みついてきて、くうっ、持っていかれそうだ！」

まくりは思った。貫太の唾液が自分の性器の中で混ざっている。そしてさっき自分はオナホに唾液を垂らした。つまり自分の唾液もまた、オナホの中で貫太の性器と混じり合っている。混ざり合うお互いの唾液と性器液。オナニーの共同作業。女は共感の生き物である。一気に快感が高みまで達した。

「貫太くん、わたし、わたし、もう我慢できない！　もうイッちゃうの！　あそこがもう限界なの、狂いそうなの！　いい？　貫太くん、もういい？」

「もう少し、もう少し！　一緒に行くぞまくり！　俺が舌を押しこんだら、一緒にイクんだ！」

貫太はイキそうなのを我慢しつつ、膣の中を粘着質に責めていく。まくりはもう限界とばかりに自分の指で膣を広げ、腰を前後に振って舌を深く入れようとする。

「貫太くん早く、早く、早く！　あっ、ヘッ、ヘンになっちゃう！　入れて！　奥まで入れて！　早く、イキたいの！　貫太くんとイキたいの！　あっ、あっ、イッちゃう！　イッちゃう！　もうだめ！　ああっ、ああっ、舐めて！　もっと！　もっともっと！　もっと！　ああああああああああああああああああああ!!」

まくりが強く腰を押した瞬間、舌が奥の膜を強く押した。瞬間、貫太とまくりは絶頂を同時に迎える。お互い、最高の絶頂であった。

まくりは膣口からだらだらと愛液を溢れさせ、オナホからは白い液がだらだらと溢れていた。

部屋に漂う、性欲の果てた匂い。

貫太とまくりはお互い荒い息をしていた。お互い初めての体験なのに我慢の限界まで頑張った。

先に動いたのはまくりだった。オナホをペニスから抜き、ホール内の液体が溢れないようにひっくり返し……ペニスをウェットティシュで拭き出した。

「な、なにしてんの？」

「したあとは、キレイキレイにしなくちゃ」

「まくりって、潔癖症？」

「ううん、ただの綺麗好き。これもオナニーマスターのつとめだよ」

やっぱりヘンな子だった。

「ふわ!? 拭いてたらまた大きくなった!?」

「まくり、今度こそセックスしよう！」

まくりは、ベーっと舌を出した。赤く、とても可愛らしい舌だった。

# 第二章　オナニー伝説〜西奈央まくりの恋心

「んっ、やっぱりおうちのベッド、最高……」


西奈央まくりの話をしよう。

お嬢様学校に通う彼女は、性格は好奇心旺盛で少しオテンバ。他人と壁を作らず誰とでも仲良くなれるので、学校内で彼女を慕っている女子は多い。

成績は中の上。ただし、数学や生物、保健体育など、自分の好きな教科に関してはトップクラスである。逆に、国語や社会科、特に世界の歴史や地理が大の苦手。ややこしい外国人の名前や地名がさっぱり覚えられないのだ。

普段悩むことと言ったら、学校帰りに寄るケーキショップでいちごショートを食べるかマロンを食べるかくらいしかない。人に言えない悩みと言ったら、いかにオナニーを気持ちよくできるかくらいだ。自分のこともそうだが、特に男の子がオナニーで気持ちよくなることに非常に興味がある。

男の子はわかりやすくていい。射精は嘘をつかない。

そんな激しいエロスを隠し持つ彼女は、それを微塵も感じさせないほど清潔で明るく、商店街のアイドルに抜擢されるほど目立つ存在である。

お嬢様学校なのにそんなことして大丈夫なのかって?

実は理事長が町内会長と将棋仲間で、頼まれたらいやとは言えない仲らしい。と言いつつ、実は理事長もまくりの隠れファンなのだ。それに、少子化で学園の運営が厳しくなってきたので、「学園にアイドルが欲しいなぁ」「でも自分たちが動いて何かあったら困るなぁ」と思っていたときに持ちかけられたのだ。渡りに船である。

アイドルの話が来てまくりは最初戸惑っていたが、「シャッター街と化していく商店街を救って欲しい、それができるのは世界一可愛いまくりちゃんしかいない!」と涙ながらに懇願され、涙とおだてに弱いまくりは、「やりましょう!」と引き受けてしまった。

まくりのママはいやがったらしいが、おおらかなパパの説得でまくりのしたいようにさせたそうだ。まくりのパパは芸術家で、よくわからない造形物をこさえている。だがそれは、信じられないような金額で取り引きされているのだ。芸術は恐ろしい。西奈央家はパパのおかげで何不自由なく暮らせているのだ。しかもメイドを何人も雇っているので、まくりたちの身の回りのことはすべて彼女たちがやってくれている。感謝感謝である。（ちなみに、まくりを世話しているメイドの名は『静香《しずか》』といって、Gカップの美人メイドである）

ママは普段、大学でやる気のない生徒たちに授業を教えている。実は次世代量子通信学のオーソリティで、海外の学会にしょっちゅう呼ばれているのだ。（たまに大学の追試期間に出張が重なってしまい、追試でリカバリーを目論む生徒たちを震撼《しんかん》させる）しつけに厳しいのが玉にきずだが、夫婦仲、親子仲、共に良好である。意外と料理は上手く、家族だけでなく、面倒くさい教授たちを、腹で征服しているという噂もあるほどだ。

そんな愛すべき家庭に育ったお嬢様はというと……

「自分のベッドだと安心して……オナニーできる……はぅぅっクリ、気持ちいい……んはあっ！」

さっきからクリトリスをいじり、パンツをぐっしょり濡らしていた。

貫太の家での恥ずかしくも満足のいく出来事の後、射精疲れでぐでーっとなってしまった貫太を残し、まくりは家に帰ってきた。

精液の詰まった使用済みオナホと共に。

「オナホ、持ってきちゃった♥」

もちろんそのまま持ち歩くわけにはいかないので、貫太の部屋にあった紙袋を拝借し、帰る途中見たくてしょうがない衝動を抑えて、一目散に家に向かった。買ったばかりのゲームを道ばたで開封したくてたまらない子どものような心境だった。

部屋に入り鍵を閉めると、まくりは野獣のように興奮し、取り出したオナホをじっくりと眺めていた。

好奇心旺盛のまくりの頭は、これをどうしてやろうかと悶々としていた。まくりは悶々としだすと、思わず股間をいじりはじめる癖がある。目の前には自分のベッド。もうこりゃオナニーするっきゃないと全身がGOサインを出した。

しかしまくりも女の子である。同じ衣装でオナニーなんかしたくない。

はやる心を抑えて一瞬で制服を脱ぎ捨て、ふりふりの可愛らしい洋服に着替えた。ちなみにブラウスは白、スカートはパステルカラーの水色だ。アイドル活動のときに着ようと思って用意しておいた服。必要ないが、頭には丸い麦わら帽子も用意した。

鏡に映る自分の可愛さににやけながら、オナホを持ってベッドにダイブした。

「ん……ひらひら興奮……はうっ……」

ビクッと躰が震えた。

まくりはオナニーにこだわりを持っている。彼女の理論では、可愛い服でするオナニーは通常の三倍気持ちいいのだ。だからオナニー用の服は、専用のクローゼットにたくさん仕舞ってある。さすがお金持ちのアイドルである。

ちなみに、お風呂のときオナニーしたくなったらどうするか？　そんなときは仕方ないので、シチュエーションにこだわるのだ。キッチンにいるママに声が聞かれるんじゃないかと口を押さえて、ちょくちょく後ろを振り向きながらするオナニーは最高だった。（ちなみに、まくりの家はとても大きいので、お風呂で喘いだところでキッチンまでは聞こえないし、第一、料理を作るのはメイドである）

「そうだ、ビデオ撮ったんだ……」

パンツの中から、恥臭に濡れた指先を取り出した。

そして貫太の勃起ペニスを撮影したスマホをきょろきょろと探す。

（にゃ、ポケットの中だ）

スマホの入ったスカートは壁にかかっている。まくりは普段機敏なほうだが、すでに躰に火が入った今、あそこまで行くのはおっくうだ。なにより、それでオナニー熱が冷めてしまったら最悪だ。

まくりは一瞬躊躇したが、よしっ、とベッドを抜け出し、急いでスマホ（オナホとなんか似てるね）を持ってベッドに戻ってきた。

途中、ベッドに脱ぎ捨てたブラが床に落ちる。

「もうっ」

と言いながら拾ってベッドにダイブ。スマホのロックを外し、動画を観始めた。そこに映る、生々しいペニスの映像。

「貫太くんのおち×ちんだ……」

まくりはしっかり観ようと画面を目に近づけるが、近づけすぎてピントがボケてしまい、慌てて目から離した。次に臭い。ペニスの臭いがするんじゃないかと画面に鼻を寄せてみたが、まくりがいつも使っている香水の匂いがかすかにするだけだった。

本物のペニスは、少し生臭く、男の臭いがした。臭いを嗅いでいると、頭がくらくらしそうだった。アソコが濡れていくのがわかる。男を知らなくても、やはり女なのだ。ペニスの臭いに未発達な子宮が反応し、膣に愛液が満たされていく。

まくりは代わりに、使用済みオナホの精液の匂いを嗅いで我慢した。

「はぁ……はぁ……ああ……」

動画は、ペニスをしごいているオナホが映っている。あれは自分がしごいているのだ。初めて見た男の子のペニスを自分がしごいている。自分のオナホで、男の子のアソコをしごいているのだ。

嘘みたいだった。信じられなかった。こんなことが現実となる日が来るとは思ってもみなかった。まくりは嬉しくて仕方なかった。もしこれが犯罪なら捕まってもいいとさえ思った。

（ああおち×ちんおち×ちん。わたしがオナホでおち×ちんをこんなに気持ちよくさせている）

画面の中にあるペニスに触れられないのがもどかしい。まくりは画面に何度もキスをし、クリトリスを弄る指に力を入れた。

「んっ……はうっ……くっ……おち×ちん……おち×ちん……貫太くんのおち×ちんだよぉ……はぁっ、おいしい……おち×ちんおいしいよぉ……」

まくりは画面にキスをし、ちろちろと舌を出して画面のペニスを舐める。唇で優しくはむはむしてみる。すると、そこに実物のペニスがあるような気がしてきた。まくりの想像力はたくましいのだ。

「はぁ、はぁ、んっ……貫太くん気持ちいい？　まくりの唇、気持ちいい？　そう？　そんなにいいの？　おち×ちん、ぴくぴくしてるよ？　ふふ、オナホと唇、どっちがいいの？　え、唇？　うそ。オナホのほうがいいよね。だってこんなに激しく突いてるんだもん。ふふ……」

まくりは指の動きを激しくしていく。剥き出しのクリトリスが、指の腹に弄ばれ、前を向いたり後ろを向いたり忙しかった。まくりの子宮に、快感が溢れていく。

まくりは快感を全身に広げるため、バストへと手を運んだ。

八十九センチの乳房を下から摑み、ゆっくりと揉み出す。まくりの乳房はまるでマシュマロのよう。すべすべでほどよい弾力がある。

なんて触り心地がいいのだろうと自分でも思うことがある。クラスメイトの女子にはよくふざけて揉まれるが、男子に揉まれたことは一度もない。貫太もさっきは下半身ばかりに気を取られ、まったく触ろうともしなかった。

（ぷんぷんだよ）

まくりはそれが少し不満だった。こんなに気持ちいいのに、貫太くんなんて知らないっと少し唇を尖らす。

まくりの乳輪は標準的な大きさ。そして乳首は、ぷくっと丸く膨れている。色は血色のいい薄い赤。毎日弄っている割には、ウブな少女のような、とても綺麗な色をしていた。

まくりは乳房を少し乱暴に揉みしだきながら、指先で先端の突起を弄り始めた。

乳首が左右に傾くと、躰にビクンと電気のようなものが走る。

「こんなにおっぱい、いい触り心地なのに……尖った乳首もびくんってなっちゃうのに……無視しちゃだめだよぉ……」

画面のペニスを恨めしそうに観つつ、乳首をクリクリと指の先で弄り続ける。

直接刺激を与えているクリトリスと乳首、間接的に響く子宮。その三点が頂点となり、快感のトライアングルを描いた。これがまくりのオナニーの必勝パターンだ。

「んっ、くふっ、はっ、はっ、来ちゃう、来ちゃう、いつもの、来ちゃう……！」

快感の鋭い波が全身に広がっていく。このまま快感に身をゆだねれば、もう三十秒もしないうちに絶頂に達するだろう。

まくりは余裕のない顔とは裏腹に、心の中で微笑んだ。いつものあの白い世界にもうすぐ行ける――

はしたなく口を開け、熱く、短い呼吸になる。

痛くなるほどクリトリスと乳首を強く小刻みに刺激すると、大きな波がまくりの全身を襲った。足の指にギュッと力が入る。

「はっ、はっ、あっ、あっ、い、い、い、いっちゃ……！」

まくりは最後の抵抗をした。もっと気持ちよくなっていたい、このままオナニーを続けたいという願いをこめて必死に快感に抗った。

「や、だめ、やっぱりイッちゃう、んっ、はっ、だめだめ、イッ、イッ、あっ、いぐっ……あぐぅっ！！！」

ビクン！　とまくりの腰が跳ねた。

ビクン、ビクンと続いて跳ね、もっともっととせがむように、まくりの股間に力が入った。

「ふあっ……ああ……ん……ふ……ああ……はぁ……はぁ……」

まくりは絶頂を迎えると、とろんとした目になっていく。

心地よい疲れと共に、まくりの躰から緊張感がゆっくりと抜けていくのがわかった。

まくりは絶頂の余韻を楽しむかのように、ゆっくりと前後に股間を撫でている。

この余韻の時間、まくりはいつも人恋しくなって、いつもシーツに深いキスをしてしまう。股間をゆっくり触りながら躰を丸め、ベッドに体を押しつけるようにしてキスをするのだ。

「好き♥　ん……ちゅきなのぉ♥　赤ちゃん欲しいよぉ♥」

誰に向かっての言葉ではない。だが、言わずにはおれないのだ。今なら子供を宿してもいいと、子宮の底から思っていた。

◇

貫太は震えていた。

まくりが出ていってから十五分くらいが経過しただろうか。

人生初の体験。その記憶に、繰り返し浸っていた。

女の子にオナホでしごかれたこと。

パンツを間近で観たこと。

パンツをずらし、アナルや膣口をじっくり観たこと。匂いを嗅いだこと。

そして、味わったこと。

全力で射精したこと。

今までのどんなオナニーより最高だった。AVなんか目じゃなかった。

一生分の精子が出たんじゃないかというくらい、噂のテクノブレイクじゃないかと思うくらいの絶頂を経験した。

「えがった……」

貫太のペニスは再びギンギンに勃起した。先っぽからは、汁がにゅるにゅると溢れだしていた。

貫太は思い出しながらゆっくりとペニスを握った。そしてオナホの圧力でしごき始める。

オナホの快感は今までだって味わったことがある。それこそサルのように使っていた時期もあるが、ヤリすぎると膣でイケなくなるという噂を聞いて、ビビってたまにしか使わなくなった。

でも、さっきのはホント、未知の感覚だった。女の子がシてくれるというだけで、あんなに気持ちよさがアップするなんて知らなかった。

視覚か、匂いか、それとも彼女の吐息か？　なんだか五感で快感を得た気がする。

（またやってくれないかな。なんだったら明日にでも、いや今晩でも。まくりにお願いしてオナホを……）

手を止めた。

「違う！　俺はまくりとセックスしたかったんだ！」

重要なことを思い出した。オナホ使いのダークサイドに落ちるところだった。危なかった。恐るべしオナホのパワー。オナホがあれば一生安泰って危うく思うところだった。

ふぅっと、汗を拭う貫太。

「やっぱ、まくりの中に出したい！」

貫太はティッシュを箱から乱暴に取り出し、ペニスの先を濡らす汁をフキフキした。

そして服を整え、部屋を飛び出した。

目指すはまくりの家。

行ってどうするか考えてないが、とにかくまくりに会いたかった。

◇

まくりは熱い吐息を吐いていた。

シーツを相手に甘える『ちゅきちゅき❤タイム』の途中、頭に硬いモノが当たった。

それはさっきまで観ていたスマホだった。

オナニーが終わっても動画は続いていた。リピートモードにしておいたからだ。

まくりはとろんとした目で、動画の中のペニスを見つめていた。

「貫太くんのおち×ちん、まだ元気だぁ……」

眺めているうちに、またお股がキュンっとなってきた。

(ああ、貫太くんのおち×ちん、オナホをあんなにズポズポ突いてる……そんなに気持ちいいの？　オナホ、そんなに気持ちいいの？)

吐息で曇った画面を指で拭い、じっと見つめる。

「貫太くんの吐息も熱くて……んっ……すごい……気持ちよさそう……。あのオナホちゃんも気持ちいいのかな？　貫太くんにあんなに突かれて……」

まくりは指を膣口へと滑らせた。

「ここにおち×ちんが入るんだよね……はぁ……はぁ……」

ゆっくりと膣口に沿って指を這わせる。

指は溢れる液体の泉に侵入するのを待っている。

「どうなっちゃうのかな……あんなふうにおち×ちんが中に入ってきたら……ずぶずぶ出たり入ったり犯されちゃったら……」

まくりはオナホを自分と重ねて考え、首を曲げて膣口を覗いてみた。

「ここに、おち×ちんが入ってくる……」

そして人差し指で「つーっ」とスジからへそまで体に沿って動かした。

「この中……膣の奥までおち×ちんが入ってきて……やだ、こんなところまで来ちゃうの？　こんな奥までわたし、犯されちゃうんだ……」

子宮の位置を想像し、へそとスジの間を指で何往復も動かした。

「何度も何度も、何度も何度も……おち×ちんの先から精液が飛び出すまで、硬いモノがわたしの中を蹂躙して……」

チラリとスマホの画面を見ると、貫太のペニスが大きく出入りしていた。オナホの入り口から奥まで、大きく犯しているのだ。

「クラスの誰かが言ってたっけ。彼氏に膣を犯されてるとき、とても幸せを感じるって。わたしもあんなふうに激しく犯されて……幸せを感じることができるのかな？」

クラスメイトの感想を思い出し、まくりの興味がだんだん大きくなっていく。

ああ、処女膜というのがなければ。膣を守る薄い膜がなかったら、今すぐ太いものを挿れて、気が済むまで膣を犯すのに！

今ほど、『結婚するまで処女』の誓いを恨めしく思ったことはない。

今ならあのペニスでイけるのに。あのオナホのように膣で幸せを感じられるのに。

まくりは意地になって、クリトリスを弄り始めた。もはや膣の代替え品でしかなかったが、処女はここで快感を得るしかないのだ。大胆に股をM字に開き、左手の人差し指と中指でくぱぁっと膣口を拡げた。

そして妄想スイッチＯＮ。

「あんっ、だめだよぉ。先っぽ、ちょっと入ってるよぉ。そこは、結婚するまで挿れちゃダメな、女の子の大切な場所なのぉ。んもぉ、知ってるくせにぃ。あっ、はっ、そんなに強引に押しちゃダメぇ。中に入っちゃうよぉ……」

貫太の部屋での出来事を思い出す。実際に舌で膣口をベロベロに舐められ、舌の先が膣の中に少し入ってきてしまった。

熱くて柔らかい獣の舌。それが許可なく入ってきて、その未知の感覚に驚きと恥ずかしさを覚えた。ペニスもそんな感じだろうか？　でもきっと、もっと太くて硬いだろう。抵抗むなしく、膣の奥まで蹂躙されてしまうかもしれない。

「こんなふうに……」

まくりは指を少し奥へ沈めた。愛液はベッドを汚すほど溢れているので、指はつるりと入っていく。膣にだんだん痛みを感じてくる。このすぐ先には膜があるのだ。とても敏感なところにある、侵入者を防ぐためのセキュリティ。オナニーを覚えた昔から何度も挑戦しているが、やはり痛いものは痛いのだ。それでも昔よりは数段楽になってはいるが。

まくりは頑張って処女膜の周囲を触っている。貫太の亀頭がここで立ち往生しているという設定だ。

「貫太くん、それ以上はだめぇ♥ わたし、処女じゃなくなっちゃうよぉ♥」

ぐいぐいと処女膜を押すと、鋭い痛みが走り、まくりの顔がゆがむ。

しかし、奥への欲求がまくりの中に湧き上がる。ペニスを奥まで入れて欲しい。まだ誰も入れたことのない秘密の場所で、感じたことのない彼のアソコを感じてみたい。

(わたし、挿れて欲しいのかな……おち×ちん、挿れて欲しいのかな……貫太くんのおち×ちん……この奥に欲しいのかな……)

まくりはペニスに見立てた指に力を入れ、さらにグイグイと奥に押してみた。

「あぐっ……！　ばか、ばかぁ♥ 本当に破れちゃうよぉ。んんっ、でも挿れて欲しいよぉ♥ おち×ちん挿れて欲しいよぉ！　おま×こが挿れて欲しいって言ってるの……わたしの意志に逆らって、おち×ちん欲しくてたまらなくなってるの！」

膣だけでは物足りないまくりは、胸を、形が崩れるほど強く揉みしだいた。

「おち×ちん挿れてくれるの？　まくりのおま×この中、おち×ちんでいっぱいにしてくれるの？　嬉しい！　ほら、こんなに濡れてるよ。嬉しくておま×こ汁こんなに溢れちゃってるの。あっ、おち×ちん……おち×ちん入ってきちゃう！　初めてのおま×この中に、男の子の太いおち×ちん入ってきちゃうっ！　やあああんっ！」

切なくなり、まくりは片方の指を口に咥えた。

「貫太くん、貫太くん、貫太くん、貫太くん！　気持ちいい？　まくりのおま×こ、気持ちいいの？」

応えるように、動画のペニスが激しく動いた。

「本当？　まくりも、あっ、あっ、おま×こ気持ちいいよぅ……貫太くんに激しく犯されて、おま×こ気持ちいいの！　ああっ、イキそう！　あと少しで……」

《ヴゥウウウ、ヴゥウウウ、ヴゥウウウ》

「ひゃああっ！」

突然スマホのバイブが鳴り、画面が切り替わった。誰かから電話が来たのだ。

まくりは慌てて起き上がった。

そして、反射的に通話ボタンを押してしまう。

（あれ？　誰からだっけ？）

慌てて発信者を見ていなかった。

「まくり？　俺だけど」

「かかかか貫太くん⁉」

今までまくりの膣を犯していた（という想定の）男の子からの電話だった。まくりの顔がみるみる真っ赤に染まる。アワアワし、ごめんなさいごめんなさいと、心の中で平謝りした。

「番号書いた紙、置いていったろ？」

「う、うん」

そう言えば、去り際にケータイ番号を書いたメモを置いてきた。

「今なにしてた？」

「えええええ⁉　いやその、あの、えっとね」

「もしかしてオナニー？」

「ひぅ！　……ううう、ごめんなさい」

まくりは消え入りそうな声だ。というか、もうこのまま消えてしまいたいと思った。

「セックスしよう、まくり！」

「ふぇ⁉」

突然の話にまくりは動揺し、貫太のペニスの動画が頭の中で再生された。現実と妄想の区別が曖昧になった。

「あ、突然ゴメン。でも我慢できないんだ。オナホが気持ちよすぎて、実物を犯したくて仕方なくなっちゃって。まくりのことも、きっと気持ちよくさせ……」

「オナホ、そんなに気持ちよかったの!?」

オナホの話題が出て、少し食い気味に聞いてしまった。しかも、とびっきりの明るい声で。だから貫太は一瞬ひるむ。

「え？　あ、ああ。あんなに気持ちよかったオナニーは生まれて初めてだよ。まくりのおかげだよ。女神だよ。ありがとう」

「そっか、オナホよかったんだ……えへへ」

「俺、今まくりの家の前に来てるんだ」

まくりはスマホで、家のセキュリティアプリを立ち上げた。監視カメラの映像を切り替えていくと、確かに貫太が来ている。手には何か大きな袋。股間はモッコリ。

「だからまくり、させてくれ、頼む！」

「貫太くん、オナホ、持ってきた？」

「え？　あ、うん」

一応オナホも持ってきていた。勃起して血の薄まった頭だが、一応考えていたのだ。もしセックスを断られたら、せめてまたオナホで慰めてもらおうと。

「どのタイプ？」

「やっぱりダメか？　なぁ、させてくれないのか？」

「いいから答えて」

「えっと……普通のと、生尻タイプの大きくて重いヤツ」

ほら、と門の上についている監視カメラにオナホを見せる。

生尻タイプは少女の腰から脚の付け根まで再現された、リアルなオナホだ。パンツを穿かせれば、まさに少女の下半身になる。もちろん膣もアナルもいける。

「え、それ五キロもあるのに持ってきたの!?」

「興奮しすぎて、なんだかわかんないけどコレ持ってきちゃったんだよ」

性欲恐るべし、とまくりは思った。

「まくりのお尻だと思ってずっと触りながら来た」

「わたしのお尻、そんなにペタペタしてないよ？」

「知ってるよ。さっき触ったし。舐めたし」

「……えっち」

貫太が積極的なので、まくりはなんだかくすぐったかった。電話しながらつい指で膣口をいじると、クチュリと音がした。

（貫太くんのおち×ちん、挿れちゃう？）

まくりは迷った。だが、さっきまであんなに喘いでいたのに、やはりどこかで理性が働いてしまう。頭がいいのも考えものである。

「ごめんね貫太くん。気持ちは嬉しいけど、やっぱりセックスは無理だよ。それに、まだ家に入れるわけには……」

貫太のいる門は処女膜だ。まだ侵入させるわけにはいかない。

「じゃあ外出られる？　さっきみたいにオナホで……」

「それよりいいことがあるよ」

まくりの口元がフッと緩む。

「この電話繋げたまま、一緒にオナニーしよ？」

「え？」

予想外の提案に貫太は驚いたが、続く言葉にもっと驚くことになる。

「貫太くんはその場でオナニーして。大丈夫、この時間は誰も来ないから」

「む、ムチャ言うなよ！」

「本当よ。それに、ウチの監視カメラは切っておくから」

「ムリムリムリムリムリ！　通報されるって！」

「もう、度胸ないなぁ。野外オナニーなんて、超興奮するのに」

「したことあるのかよ!?」

「野外オナニーをしている自分を想像してオナニーしてるわよ」

「妄想じゃん！」

文句を無視して、まくりはスマホを操作した。

「じゃあ、矢印のほうに進んで。裏なら絶対人来ないから」

見ると、壁に矢印が浮かんでいる。ＬＥＤなのかホログラムなのかよくわからないが、お金がかかった装置だということはわかった。

「しゃーない、やるか」

「さっすが、わたしのオナニー師匠！　あ、これプレゼント」

パタンと、門の横にある手のひらくらいの小さな扉が開いた。中を見ると、透明なカプセルの中に、青白ストライプの女性用パンツが一枚入っていた。

「わたしのパンツ、使っていいから」

「まじ!?　パンツゲーット！　ちゃららら〜♪　って、これどういう仕組み？」

「パンツ掲げないで！　うち、門まで出なくても物が渡せるように、部屋から小物を送り出すシステムがあるのよ」

「すげぇ、機械化帝国だ。機械化帝国の手先め、こうだ！」

貫太は柔らかなパンツを顔にかぶった。鼻から思いきり息を吸いこむと、洗濯しての香りがした。

「匂い嗅がないの！」

「うー、どうせなら今穿いてるのがよかったな」

「ば、ばか」

さっきまで穿いていたのは愛液でぐっちょぐちょである。さすがにそれを渡すのは恥ずかしかった。だから咄嗟に口から出たのは、

「パンツはみんな平等だよ！（キリッ）」

……我ながらヒドイ言い回しだ。

「このオナホに穿かせるからさ、今穿いてるのくれよ。そのほうがリアルでオナニーが捗るだろ？」

「ぐっ」

オナホにそんなパワーアップ方法があるとは思わなかった。確かに、オナグッズに本物っぽさは欲しい。自分の使用済みパンツをあげたら、貫太は孕ませる勢いでオナホとセックスしてくれるだろう。それは魅力的なシーンだ。永久保存版だ。

想像し、まくりの子宮がきゅんっとなる。

「そのパンツ、カプセルに戻して送信ボタンを押して。部屋番号は『〇七二』ね」

「なんて番号だ！　て、回収すンのかよ。もらっちゃだめ？」

「…………」

「まくり？」

「今、パンツ穿いてないの！　だから、それ穿いて渡すから……」

「わお」

貫太はまくりのノーパン姿を想像して勃起しながら、まくりの指示に従った。使用済みの体臭の染みこんだパンツが欲しかったが、脱ぎたてのほうが温もりがある分、より素晴らしいパンツだ。

「送信っと」

ガコン。パンツはすぐにまくりの部屋に到着する。

「あれ？　これは……？」

パンツと一緒に、何か入っていた。ピンク色の、小さい卵型がコードで繋がれた……。

「え？　え？　これってまさか、噂に聞く……！」

「ローターだよ。プレゼントだ。使ってくれ」

「いいの？　いいのもらっちゃって!?　ホントに!?」

「素敵なオナニーライフを」

グッと親指を立てる貫太。

まくりのテンションが加速度的に上がった。

夢にまで見たオナグッズ。いくら欲しくても買いに行くなんてできなかったのだ。

「ありがとう貫太くん！　めちゃくちゃ嬉しい！」

今すぐフェラチオしてあげてもいい、というくらいのノリで喜ぶまくり。

貫太は、これだけ喜んでるなら次こそはセックスできるハズ、とほくそ笑んだ。

「まくり、早くパンツを」

まくりはカプセルからパンツを取り出し、ルンルン気分で装着した。

(そうだ、終わったらこのパンツをお返しにあげよう。香水をちょっとかけて……っと。貫太くん、朝晩のオナニーに使ってくれるかな？)

布と肌の擦れる音を聞いた貫太は、まくりに指示を出す。

「まくり、手の指全部をパンツの上からおま×こに押しつけて」

「え？　どうして？」

「おま×この匂いをパンツに染みつかせるんだ。しっかり擦るんだぞ」

「変態だった……」

そっちの香水のほうがよかったのかとガックリ、いや、感心しながら、まくりは素直に指を擦りつけた。

さっきの残りの愛液がじわっと繊維に染みていき、指の動きに沿ってシミの線ができた。

「あ、シミがついちゃった。いやだよね？」

「最高じゃないか」

「うぐ……」

「あとはアナルだ。アナルも扱いてくれ」

「ええ⁉　ねぇ、それはさすがに……やめよう？」

「やめない」

「もう助けて……」

まくりは観念し、スマホを肩と耳で挟み、空いた手でパンツの上からアナルを弄る。

「んっ……はっ、はっ……あ……」

二穴の刺激に、さっきから火照っていたまくりの躰が反応した。本番はまだこれからなのに、このまま激しく擦ってイッてしまいたかった。

「イキそうか？」

「そ、そんなわけないじゃない、ばかぁ……んんっ！」

まくりの躰が小さくビクンと震えた。

「はは、誘導されて軽くイッたな？　よし、最後に、ま×こをぎゅーっと押さえるんだ」

何もかもお見通しな貫太に抵抗は無駄だと思い、まくりは素直に従った。

ぎゅー。パンツにイキ液が染みこんでいく。

「さ、出来たてプリーズ」

まくりはガックリ肩を落としながらパンツを脱ぎ、その出来たてをセットする。

恥ずかしい。ま×ことアナルの匂いが完全に移ってしまった。

こんなことなら、さっきのヌレヌレパンツを素直に渡せば、まだ被害は少なかった。

とほほ。後悔先に立たずだ。

「あ、短いスカートもくれるか？　パンツの上に穿かせるから」

「変態だー！」

貫太には絶対敵わないと思いながら、もうどうにでもなれと、紺のミニプリーツスカートも一緒に入れて送信した。

「ひゃっほー！」

スマホから聞こえる歓喜の声で、パンツが向こうに到着したのがわかった。

「なぁ、これ記念に持って帰っていいか？」

「それでオナニーしてくれる？　毎日朝晩必ずそのパンツでオナニーしてくれるならいいよ？」

「ああ。まくりに会えないときはいつも使うよ」

「……ならいいよ。ばか」

変な独占欲だが、まくりとしては他の女でオナニーされないことが嬉しかった。

矢印は大きな桜の木の下まで続いていた。春に咲いた桜は散り、今は青々とした葉をつけている。確かにここならイザってときに隠れられるし、安心できる。

貫太は袋からオナホを取り出し、まだ温もりのあるパンツを穿かせた。これでまくりのお尻のできあがりだ。

まくりはスマホを操作して、貫太のほうに監視カメラを向けて様子をモニターした。このままだと家の誰かに見られてしまう可能性があるので、セキュリティにはダミーの映像を流し、実際の映像はこのスマホでしか観られないようにした。まくりにとっては、こんなの造作もないことだった。

「準備よし。始めるぞ」

貫太の合図で、まくりはオナホが穿いているパンツと同じストライプのパンツ、そして紺のミニプリーツを穿いた。ついでに上着は丈の短いヘソ出しセーラー。そしてベッドに飛び乗り、四つん這いになる。これでオナホと同じ服装と体勢だ。貫太がオナホを犯せば、自分が犯されているような錯覚に陥るハズだ。

「うん、こっちも。よろしくお願いします」

お互い、ぺこりとお辞儀。

刹那、我慢しきれずに貫太が動いた。

スカートの上からオナホのお尻に顔を埋め、顔を左右に擦りつけてお尻の感触を堪能する。何度も何度もお尻の柔らかさを頰に覚えさせるように、顔を押しつけた。

それをスマホの画面で確認すると、まくりも手を動かし、自らのお尻をスカートの上から撫でる。

（んっ、お尻……いっぱい擦られてる……貫太くんの顔で痴漢されちゃってる……やぁ、恥ずかしいよぉ……）

貫太はお尻の柔らかさを堪能し、そしてスカート越しにまくりの匂いを嗅ぎだした。まくりのお尻の臭いが貫太の鼻孔をくすぐる。

「やだ、匂い嗅がないで！　わたしのお尻、嗅いじゃだめぇ！　あ、貫太くん、何を!?」

貫太はスカートの中に顔を突っこみ、まくりのアソコの匂いを染みこませたパンツ――愛液が染みついている部分に鼻をつけて深く息を吸った。

「や、やだ、アソコの匂いを嗅いでるの？　やめてやめて、そんなことされたらわたし、恥ずかしくて死んじゃう！」

やめてと言われてやめるわけがない。貫太はオナホを抱きしめ、押しつけた鼻からすべての匂いを吸いこんでやろうと息をする。

「きゃああ、そんなことをしたら、貫太くんの顔にわたしのおま×この匂いが移っちゃう！」

まくりはとても綺麗好きなのだ。アソコもちゃんと洗っているから、言うほど変な臭いはしない。だが若い体は新陳代謝が早いのだ。昔、風邪で数日お風呂に入れなかったときは、びっくりするほど芳ばしい臭いになってしまった。人には言えない黒歴史のひとつである。

「まくり、最高だ！」

「ばかぁ！」

熱心に匂いを嗅いでいる貫太を観て、まくりのアソコがじゅんっと濡れてくる。本当はまくりも嗅いで欲しいのだ。自分のことをもっと知って、受け入れて欲しかった。匂いだけでは物足りなくなった貫太は、舌を出してパンツの上からアソコをベロベロ舐めだした。まくりの愛液と貫太の唾液が混ざり、クロッチがぐちょぐちょになっている。

貫太に影響され、まくりも指にパンツの染みを擦りつけ、ぺろりと舐めてみた。

「やだ、美味しくないよ……やだやだ、そんなの舐めないで！　美味しくないもん。おま×こ汁の味、おいしくないもん」

まくりの必死の抗議を無視し、愛液の味に興奮した貫太はまくりのパンツをずらし、直接膣口を舐め始めた。

「あっ、だめなのに……やん、貫太くんの舌が、んっ、アソコをべろべろ舐めちゃってる……あん、うねうね這ってる……」

まくりもパンツをずらし、唾液まみれの指で膣口をねっとりと責めあげた。すると、本当におま×こを舐められている錯覚に陥る。もうそれだけでイキそうだった。男の子に淫らなことをされてる自分がとても恥ずかしくて、同時に幸せだった。

まくりはお尻を突き出し、もっと舐めてとせがむ。

「もっと、もっと舐めて貫太くん。まくりのおま×こ、もっと舐めて。あん、気持ちいいの……そうして舌でおま×こ舐められるの、とっても恥ずかしくて、でも気持ちいいの！　もっと口をつけて、べろべろして、お願い、お願い！」

貫太は言われた通り、舌を大きく出し、膣の奥まで大胆に、そして丁寧に舐めまくった。

「や、奥まで舌が入ってくる……んっ、おま×この奥まで熱い舌が……あっ奥をぺろぺろ舐めてる……やんっ、やんっ、わたしのお汁、全部舌でぬぐい取られちゃう！」

まくりは処女膜の手前まで指を挿入し、溢れてくる愛液を掻き出すように指を動かした。

雨の降り始めた地面のように、掻き出された愛液でシーツがぽつぽつと染みを作っていく。

「貫太くん、わたしまだ処女だよ。あまり深くまで挿れないでね」

「知ってるよ。まくりは処女だ。だからその邪魔な処女膜、俺が破ってやる」

「やだ、まだ怖いよ……処女じゃなくなるの怖いよぉ……」

「でも破れれば、その奥に最高の快感が待ってるんだ。大人になろう、大人の快感を味わおう、まくり」

「奥に快感があるの？　もっとすごいオナニーができるの？」

「オナニーなんか必要ないくらいの快感だよ。俺が味わわせてやるよ」

「やだ、オナニーしたい。わたし、ずっとオナニーしていたいの」

「もう我慢できないよ。まくり、挿れるぞ」

貫太はズボンを下ろし、ペニスを取り出した。ギンギンに勃起した肉棒。へそまで反り返ったペニスを観て、まくりは顔を真っ赤にして興奮した。

「見えるかまくり、これが入るんだぞ」

「おち×ちん……おち×ちぃんだぁ。そんな太いおち×ちん、まくりの中に挿れたいの？　だめだめ、無理だよ。ほら観て、まくりのおま×こ、こんなに小さいもん。裂けちゃうよ」

奥まで見せるように、くぱぁっと指で膣口を拡げるまくり。

「大丈夫、入るよ。ちょっと痛いかもしれないけど、まくりなら呑みこめるよ」

貫太はペニスと膣口に大量のローションを塗りたくった。ドロリと、オナホの膣からローションが溢れ、垂れ落ちる。

（やだ、あの子、あんなにおま×こ濡れてる……。そんなにおち×ちん欲しいのね。でもわたしだって、こんなに濡れちゃってるんだから……いつでもおち×ちん、大丈夫なんだから……）

「挿れるぞ、まくり」

亀頭が膣口へ押しつけられる。

「ま、待って待って」

まくりは何か挿れる物がないかと辺りを見回した。指でもいいが、何か別の物が欲しかった。

（あ、ローター……）

さっきもらったピンクのローター。これなら硬いし、貫太にもらったものだから彼のペニス代わりにはちょうどいい。

まくりは急いでローターを拭き、膣口に押し当てた。まだ振動はさせない。

貫太は、ゆっくりと亀頭を挿れたり出したりしている。そのたびに、ちゅぷちゅぷとローションの絡みつく音が響いている。

まくりもローターの先っぽを出し入れしてみた。膣口に伝わる、硬い感触。

「まくり、お口の入り口、気持ちいい？」

「うん、硬いのが当たって……なんだか興奮してきちゃった」

「じゃあ、まくりの処女、もらうからな。ほら、ゆっくり入っちゃうぞ……」

「やっ、やっ、やあっ」

ずぶずぶと、ペニスがオナホの膣に呑みこまれていく。

まくりも、ゆっくりとローターを愛液の泉に沈めていった。そして処女膜の手前で一旦止める。

貫太のほうは、無事に奥までペニスを挿れられたようだ。

「まくり、驚いた」

「どうしたの？」

「このオナホ、処女膜があった。途中でちゃんと引っかかるんだよ。よくできてるなあ」

「その子、処女を捨てたんだ……」

（わたしも処女膜破らなきゃだめかな？）

「まくりは本当のセックスまで待ってて。あ、他の男に破らせちゃダメだからな」

ふふっと、まくりの顔に笑みが浮かぶ。

（貫太くん、本当にわたしとセックスしたいって思ってるんだ）

「ほら、全部入ったぞまくり。見えるか？　まくりの中、俺のチ×チンが入っちゃった。まくりの中、スゲー気持ちいい！」

「うん、すごい……貫太くんのおち×ちん、奥まで入っちゃったね……」

「動かすからな。もう止まんないぞ」

「犯してくれるの？　まくりのおま×この中、おち×ちんで犯してくれるの？」

「ああ、犯す！　ま×こを犯す！　まくりを犯す！」

オナホにペニスを刺激され、貫太はスイッチが入った。

ここが外だということを忘れ、オナホを抱えたまま腰を前後に振り出す。

（はぁ、すごい……。貫太くんあんなに腰を振ってる……。気持ちいいんだ？　そのオナホ、そんなに気持ちいいの？）

まくりはとても嬉しかった。まくりのあげたオナホで彼があんなに興奮している。

しかも、前回はまくりがオナホを動かしたが、今回は貫太がオナホを求めて腰を動かしている。

（やっぱりオナホは最高だね！）

まくりは安心し、快感に身をゆだねることにした。

ローターを中に入れたまま、クリトリスと乳首を指の腹で舐《ねぶ》り上げる。

「あっあっ、ああっ！　貫太くん、貫太くん……んっ……気持ちいいよぉ」

今日何度目かわからない快感が全身に広がっていく。

こんなにオナニーしたらバカになるんじゃないかと思う。しかし、やめることはできなかった。だめと思っても、指の動きは止まらない。快感を求める躰も、溢れる愛液も止まらなかった。

貫太が膣の奥を求めてオナホを引き寄せ、グングンと責めている。

（奥をあんなに……。いいなぁ……わたしももっと刺激が欲しいよぉ）

「まくり、ローター動いてるか？」

「あ、まだ……」

「スイッチを入れて、まくりももっと乱れてくれ！　もっと、感じた声が聞きたい。奥を突いたときの声が聞きたい！」

初めてのローターでちょっと怖かったが、意を決し、『弱』にスイッチを入れる。

「ひゃあ！　動いた!!」

膣の入り口でローターが振動する。スマホのバイブ振動がずっと動いているようで、なんだか恥ずかしかった。

「や、なにこれ、アソコがしびれちゃう。お汁がかき乱されちゃう！」

小さな泉の蜜が振動でかき乱れ、だらだらとシーツに垂れていく。まくりの部屋に蜜の匂いが溢れていった。

「やだ、やだ、恥ずかしいくすぐったい、んっ、あっ、ひゃあ、やだぁ、止めてぇ」

あまりの刺激に、まくりはベッドに倒れ、ぐるんと仰向けになった。

「止めちゃだめだよ。まくり、それでクリトリスを弄ってみて」

「え、や、無理。クリトリスこんなにしびれたら、絶対おかしくなっちゃう」

「皮の上からでもいいからさ、お願い」

懇願され、クリトリスに皮をかぶせた状態でおそるおそる刺激を与えてみる。

「んっ……！　あっ、皮の上からなのにすごい……はっ、はっ、クリトリスしびれちゃう……んんっ、あああ……やぁっ、こんなの……すごいよぉ」

まくりは刺激に耐えるため、ブリッジするように土手を突き出し、腰を浮かせた。

快感すぎて、呼吸も小刻みにしかできない。

まくりの頭に、浮かんではいけない疑問が浮かんだ。

（でも、皮の上からでもこんなにすごい刺激なら、直接ならどれくらいだろう？）

一度浮かんだオナニーへの興味が消えるはずがない。

まくりはローターを置き、爪で皮をめくった。ぷるんと真珠のように綺麗なクリトリスが現れる。

「うわ、すごそう……。でも、ちょっとだけ……」

まくりは期待と不安で口の端を曲げ、ローターを剝き出しのクリトリスへ当てた。

「ひゃあああああ!!　あっ、あっ、いききききっ！　あがっ、ふぉんふぉぉぉっ！」

びっくりする刺激に、まくりは謎の言葉を発し、目をぐるぐるさせた。

「でもまだ行ける！」

レーサーが土壇場でブレーキではなくアクセルを踏むように、まくりはローターをクリトリスへ押しこむ。

「はっ、はっ、ふぐっ、んんんんんっ、ふぉっ、ふぉっ、ふぉーーーっ！」

あまりの刺激に、頭が真っ白になる。まくりは腰をより高く上げ、キュっとお尻を締めた。瞬間、

「き、気持ちいい!!」

まくりは口の端からヨダレを垂らしながら、ローターを克服した。オナニーに対するすごい執念だ。

「あああ、すごい、すごいよ貫太くん！　ローターすごい気持ちいいよ！　あっ、あっ、クリトリス……だめ、もうこれなしの刺激なんてありえない！」

ローターの刺激が麻薬のように躰に浸透する。すると、もっともっと、この刺激が欲しくなった。

まくりはケーブルをたぐってコントローラーを引き寄せ、スイッチを『強』に入れる。

「はぐっ！　〜〜〜〜〜〜〜〜〜〜〜〜〜〜〜〜〜〜〜!!」

いっそう強い、モーターの振動音が部屋に響いた。

反射的に音に恥ずかしさが湧き、隠すように、すぽっと膣にローターを埋めこんだ。

「ふぐっ！」

ビクンっとまくりの躰が跳ねる。

処女膜は破れていないが、ローターの半分以上が膣に埋もれた。振動が強すぎて、痛みだかしびれだかよくわからない刺激が膣から発信されている。

未使用のか弱い膣の中で、強モーターが愛液を弾き飛ばしている。

まくりは躰を曲げ、なんとかその刺激に耐えた。耐えれば耐えるほど、強い快感に変換されていく。

「まくり、俺、そろそろイキそうだ」

スマホを観ると、なんとか射精を我慢しながら腰を振る貫太が映っている。

「やんだめっ、わたし、これからなのに！」

まくりも同調しようと、ローターを出し入れしたりクリトリスを刺激したりする。

「まくり、お願いだ。おま×こ……おま×こをカメラで映して。まくりのおま×こを観ながらイキたい！」

「わたしのおま×こなんかでイケるの？」

「まくりのおま×こがいいんだ。グチョグチョに濡れたおま×こ、早く、早く！」

まくりは恥ずかしさで一瞬躊躇したが、自分も貫太のペニスでイッたのだから気持ちはわかる。体勢をオナホと同じ四つん這いに戻し、急いで通話を動画モードに切り替えた。そして、スマホのカメラを秘部に向ける。

「見える？　貫太くん、わたしのおま×こ見える？」

「ああ、ヒダヒダまでよく見えるよ。ぐちょぐちょに濡れて、あっ、汁が垂れた。すごいいやらしい。匂いまで漂ってきそうだ」

「やぁ、変なこと言わないでぇ」

まくりは顔を真っ赤にしてシーツに顔を突っ伏した。

だが、貫太に観られていることになぜか快感を覚え、ローターを膣に出し入れする。

「はっ、はっ、貫太くんのおち×ちん、中に入ってるみたいだよぉ。あっ、ああっ、わたしのおま×この中、はっ、はっ、射精前の硬いおち×ちんに犯されて……んんん、もう、気持ちいいのぉ！　わたしもイキそうなのぉ！」

ヴァギナ映像を観た貫太は、まるでそこに自分のペニスが入っているような錯覚を覚え、一気に射精感が高まる。

「まくり、まくり、俺、もう……出そうだ！　中で出すぞ、まくり！　いいな？　お前の中でたっぷり精液出すぞ？」

「うん、精液出して！　わたしの中に、この中に出して！　貫太くんの精液、奥にいっぱい出して！　あっ、あっ、奥がいいの！　貫太くんの精液、奥深くに出して欲しいの！　おち×ちんを奥まで挿れて、そこで出して！　まくりの奥に、貫太くんの熱いのいっぱいちょうだい！　あっ、あっイク！　イク！　イク！　わたしもイッちゃううううううう！」

びゅくびゅくびゅくびゅくくくく！

射精する瞬間、貫太は潰れるほど強くオナホを引き寄せ、ペニスを奥に押し挿れた。オナホは貫通型である。ホールから亀頭が突き抜け、精液が外に勢いよく飛んだ。飛んだ白濁液は、目の前の桜の木や草を汚していく。

（すごい……あんなに精液が飛んでる！）

まくりは、目を見開いて驚いた。貫太の部屋でしたときは非貫通型だったので射精の瞬間を見ることはできなかった。だから今回初めて精液が飛んでいるところを見ることができた。それは衝撃的な映像だった。

「貫太くんの精液、あんなに木にかかって……」

精液をもっと見たくて、拡大表示をする。

（もったいない）

まくりはあの精液をすくって、自分の膣に入れたいという欲求が湧いてきた。

でもそれはできないので、代わりに唾液のついた指を膣に入れる。

た。

（違うの、唾液じゃなくて精液欲しいの……）

代わりに、目の前にある使用済みオナホに入った精液をアソコに挿れようかと思った。

でもやっぱり怖いので、精液の匂いを嗅ぎながら、膣口を指で何度も慰めた。

貫太はオナホと繋がったまま、その場に倒れこんだ。

その表情から、とても満足だったことがわかる。

まくりはまた、ちゅっちゅとシーツにキスをしていた。例のちゅきちゅきタイムだ。

「ちゅきなのぉ♥　赤ちゃん欲しいよぉ……貫太くんの赤ちゃん欲しいよぉ……♥」

ふと、放り投げたスマホを見ると、まだ通話状態だった。

ハッとなり、慌てて『切る』ボタンを押すまくり。

（今の……聞かれてないよね？）

まくりは、おそるおそる窓の外をみた。

貫太がスマホを放り出してその場にヘタりこんでいるのが見えた。

精液が地面に流れている。

「…………」

どろっと、膣から熱い愛液がこぼれ落ちた。

◇

色々あった一日だが、やっと日付が変わろうとしていた。

まくりは今日のことをずっと考えていた。

トイレで。

まくりはゆっくり考え事をしたいとき、トイレに籠もる癖がある。

優しい素材で包まれた、パステルカラーの狭い空間。ふかふかの便座に座っていると、ぐちゃぐちゃになった頭がだんだん静まり、いいアイデアが浮かんだりするのだ。

(もちろん、何も浮かばない日もある。そんな日は悔しくて、思わずアナル洗浄ボタンをMAXに上げる『滝行』をしてしまう。あれ？　ご褒美？)

ちなみに、西奈央家のトイレは六カ所点在しているので、ひとつくらい占領されても誰も困ることはない。というか、住人は両親とまくりしかいないので、一人ひとつ使っても余ってしまうのだ。なぜこんなにトイレの数があるのか、それは西奈央家の七不思議のひとつである。(ちなみにメイドや客人用のはまた別にある)

まくりは過去に、最大六時間立てこもったことがある。ご想像の通り、半分以上オナニーの時間に費やしていたのだ。ビデとアナル洗浄ボタンを押しまくったため、その月は水道代が大変なことになり、まくりのお小遣いが半分に減らされるという残念な結果になってしまった。まくりの黒歴史である。

そんなトイレで、まくりは今日の出来事を考えていた。

・貫太に久しぶりに出会えたこと。
・生のペニスを生まれて初めて見たこと。
・オナホの使い方がわかり、初めて手伝ってあげたこと。
・アソコを見られ、嗅がれ、舐められたことは、恥ずかしすぎて記憶から削除。
・一緒にオナニーし合ったこと。
・射精が見られたこと……

それらを何度も何度も、頭の中で繰り返し再生していた。口の端からヨダレを垂らしながら。

(なんでこんな素敵な日になったんだろう? げへへ)

商店街のアイドルとは思えない下品な顔で妄想している。

(やっぱアレかな? オナホを当てるために神社参りをした余波なのかな? すごいぞ神の力! ありがとう神の皆様! まくりはイキまくりです! 貫太くんにイカされまくりです!)

ダジャレなのか本気なのかよくわからない結論に達し、トイレで一人ガッツポーズ。

恥ずかしいことに、下半身に力が入った瞬間、つーっと粘っこい愛液が、股のワレメから糸を引いて便器の中に落ちていった。

「ふにゃあ」

恥ずかしそうな顔で便座横についたビデボタンを押し、《シャワシャワシャワー》と愛液を洗い流す。

そもそもトイレへはアソコを綺麗にするため入ったのだ。

部屋で宿題をしていたのだが、ふと貫太のことを思い浮かべた瞬間、パンツの中のアソコがじわっと濡れてきてしまったのだ。こうなっては仕方ない。するしかない。

まくりは綺麗好きな女の子なので、股間を愛液まみれにしたまま過ごすことはしない。オナニーのあとはいつもトイレに入ってシャワー付きトイレでアソコを綺麗にするのだが、今日はその刺激を受けるたびに貫太の顔（とペニス）を思い浮かべてしまい、再び汚れてしまうのだ。

「んもう、また……」

エンドレスシャワー。今月もお小遣いが半分になるかもしれない。

（何か他のことを考えなければ……）

まくりはもうひとつ、考えたいことがあった。さっき、無意識に出てしまった言葉についてである。

『赤ちゃん欲しいよぉ……貫太くんの赤ちゃん欲しいよぉ……』

具体的に誰かの名前が出たのは、オナニー人生で初めてのことだ。

恥ずかしい恥ずかしい。もし貫太に聞かれていたら、恥ずかしくて二度と会えない。

でも、なぜそんなことを言ってしまったのだろうか。

うーん、と腕を組んで考えるまくり。

オナニーの後、『赤ちゃん欲しい』と言ってベッドに甘えてしまうのはいつものことだ。きっと分泌された幸せホルモンの影響だろう。

じゃあ『貫太くんの赤ちゃん欲しい』は？

吊り橋効果だろうか？　一緒にオナニーをして、激しく燃えたからつい言ってしまったに違いない。

「……そうなのかな？」

実は本心という可能性はないだろうか？　本当に彼の赤ちゃんが欲しいとか。

まくりにはひとつ思い当たることがあった。

それは何かというと。

「…………」

それを考えるとちょっと照れてしまう。

自分をこんな躰にしてしまったのは貫太が原因だ。貫太があのときオナニーなんて教えなければ、オナホなんて見せなければ、こんな自分にはならなかった。

もちろん恨んでなんかない。明るい人生をもらえて、とても感謝しているのだ。どんなにつらいことがあっても、オナニーさえすれば、また明日頑張れる。そうやってまくりは今まで生きてこられた。

「だからその……わたし、貫太くんのこと……」

——ずっと好きだったの——

ぽたぽたと愛液が垂れた。

「もう！」

《シャワシャワシャワー》

会えなかった期間も、貫太のことは忘れていなかった。きっとまた会える日が来ると信じていた。そしたらオナニーについて熱く語り合おうと思っていた。

「なのに貫太くんめ、オナニーよりセックスをしたがるなんて」

その点はちょっとガッカリだった。

オナニーをしたいからオナニーをしているまくりと、セックスをしたいからオナニーをしている貫太とは隔たりがあった。

「でも、目的は違っても、オナニーはオナニーだよね。素晴らしいことに変わりはないよ。だってあんなに気持ちよさそうな顔をしてるんだもん……えへ。しかもわたしのことを考えながら……」

《シャワシャワシャワー》

「だからきっと、わたしの気持ちが合わさってあんな言葉を……。ふにゅ……」

《シャワシャワシャワー》

「でもね、赤ちゃんはまだ早いと思うの。だからセックスはダメ」

トイレットペーパーに向かって説教するまくり。

「中で出すなんて、オナニーネタ以外ダメ、絶対！」

オナニーネタなら有りでした。

ちなみにまくりだって避妊具のことは知っている。だが、まだ誰も入ったことのない膣にペニスより先にゴムだの何だのが入るとかあり得ない！　と、強くこだわっていた。だからスルなら生一択。よって結婚するまでダメなのだ。

「赤ちゃん……受胎……精子、射精……。男の人とのセックスと中出し……」

クラスの女子たちは、年頃だけあってセックスに興味津々だ。毎日毎日、一回以上はセックスの話題を聞かされることになる。「私には関係ない」というそぶりの子も、密かに会話に耳を傾けているのがバレバレだ。年下の中学生女子が読む雑誌にだって、男を喜ばすテクニックが図解付きで載っている時代なのだ。

まくりだって、セックスに興味がないわけではない。

さっき貫太に犯されているイメージでオナニーしたとき、正直なところ激しく燃えてしまった。今までに味わったことのない快感を得ることができた。

妄想の中の貫太は、あの太いペニスでまくりの躰の奥を激しく突いてきた。それはとても気持ちのいいこととしてまくりは反応したが、実際のところはわからない。

クラスメイトは幸福だと言っていた。

雑誌の体験記事には、気持ちよすぎて顔がゆがんだとあった。

オナニーでは一生わからない快感。

オナホに聞いてもわからない。

実際に体験するしかないのかな……。

ムクムクと、好奇心が湧いてくる。

「いけない、また溢れてきちゃった」

《コンコン》

突然ドアがノックされ、まくりの躰がビクンとなり固まる。

「お嬢様、具合が悪いのですか？」

メイドの静香だ。年齢不詳だがまくりと同じくらいの歳に見える。スタイルは抜群で、街を歩くとGカップの胸に皆の視線が釘付けになる。

「ううん、大丈夫。ちょっとその……うん、すぐ戻るから」

「お嬢様、もうすぐＵＭＡの時間です」

「げ、もうそんな時間？」

まくりも静香もＵＭＡ（未確認動物）番組が好きなので、いつも一緒に観ているのだ。仲のよいご主人様とメイドである。

《カラカラ》

まくりは慌ててトイレットペーパーを引き出す。

畳んでアソコに押し当てると、じわっとシミが拡がった。

「先に行って待っています。何かありましたら、すぐにお呼びください」

「ありがとう」

ふうっとため息をつく。

明日も学校だ。いつまでもトイレに籠もるわけにはいかない。

とはいえ、溢れる愛液は止まりそうにない。

今日は汚れてもいいパンツで寝るしかないかと、覚悟を決めた。

水を流し、ふと気づく。

（わたし、セックスしたくなってきちゃった……）

# 第三章　初デート、初体験、叶う初恋

「勃起してきてしまった」

翌日。貫太はまくりに呼び出された。
なんでも、買い物を手伝って欲しいとのこと。
まくりに会うことに断る理由がない。貫太は二つ返事で待ち合わせの場所に向かった。
ここは電車でいくつか行った大きな街。
貫太とまくりは、駅前の噴水がある広場で待ち合わせた。
エッチな期待もある。自分たちはオナニーし合いっこまでしたのだ。
だが、それよりも自分を頼ってくれたという点が嬉しかった。

約束の時間にはまだ三十分以上ある。

さて時間までどうしたものかと思い周りを見ていると、制服を着た女子がベンチに座っているのが目にとまった。

この辺にある学校の制服だ。

その短いスカートから白い布がチラチラと見えているのだ。

んー、なんだろう。最近エッチなイベントが急に起きるようになった。

もしかしてもうすぐ死ぬんだろうか?

貫太は急に不安になった。

いや、と切り返す。

どうせ死ぬならもっとしっかりパンツを見てやろう。そう思ってガン見してやった。

「超見てる」

貫太の横を通っていった女子二人が、笑いながら去っていく。

そっちに目をやると、「エッチな男子ね」と言わんばかりに、制服のスカートをチラッと捲ってくれた。オレンジ色のパンツが見えた。

なんだここは。女子が優しすぎる。大きい街はエッチなことに寛容なのか!?

貫太はカルチャーショックを受けた。

そうか、今まで自分が童貞だったのは、小さい街にいたからに違いないと思った。

大きな街に生まれなかった自分を呪った。

いつか一人暮らしを始めるときは、絶対大きな街に行こうと決心した。

人間、死ぬ気になれば何か悟るモノである。……というまとめでいいのだろうか？

と貫太が思った瞬間、スマホにメッセージが飛んできた。まくりだ。

『貫太くんごめん！　ファンの子に見つかっちゃった！　今日行けないかも！』

「えー!?」

貫太は体中の力が抜け、へなへなと座りこんでしまった。

せっかくの初デートだったのに。人生初のデートだったのに。（まくりがどう思ってるか知らないが、女子と買い物をするなんて、誰がなんと言おうとデートである）

突然、目の前が真っ暗になった。世界の終わりだろうか？

「だ～れだ？」

…………。優しく温かい手。

そしてこの愛しい声は。

「なんだよ、追われてたんじゃないのかよ？」

貫太が振り向くと、そこにはまくりがいた。

今日のまくりは、白いシャツにデニムのショートパンツ姿。そして野球帽をかぶっている。

おとなしくスカートしか穿かなさそうなイメージがあったので、アクティブな格好に新鮮な感動があった。

もちろんとても似合ってて可愛い。さすが、ファンがいるだけのことはある。

特に、デニムのショートパンツはお尻がエロく見えるので、お尻のワレメを指で激しく擦りたいという欲望に駆られる。

「びっくりした？」

「来ないのかと思ってガックリしたよ。心臓に悪すぎだ」

「だって貫太くん、知らない女の子のスカート覗いてるんだもん」

「見てたのか！」

自分以外のパンツに反応しているのが、まくりにはちょっといやだった。

二人はまだ付き合っていないが、どうしても独占欲が湧いてしまう。

「だから意地悪してやろうと思って。でも、会えないって送ったらショック受けてたから、ちょっと嬉しかった。ごめんね」

手を合わせ、軽くウインクするまくり。とってもキュートだ。これは騙される。

「まくりに会えたからいいよ。さ、どこ行くんだ？」

「んーとね、あっち」

わくわくしながら、アーケード街のほうを指さすまくり。

じっとしていられないのか、すでに歩き出している。

「せっかくだし、手を繋がないか？」

「おお貫太氏、大胆な提案しますすな」

貫太は、さっきの手の温かさが忘れられなかった。それに、せっかくのデートなのだから、いや、デートと確定するために手を繋ぎたかった。

まくりは、大胆な提案をしてくる貫太に怯んで、ちょっとわざとらしい口調になってしまった。もちろん、いやではない。

「うん、繋ご！」

ニッコリ笑顔のまくり。言い出したモノの、ちょっと照れくさい貫太。

「こら！」

「貫太くん、自分を慰める手同士が繋がっちゃうのって、なんかドキドキするね」

「手が孕んじゃったりしないかな」

「するか！　つか、あんたアイドルだろ」

大丈夫なのかこのアイドル、と貫太は心配してしまった。

「今は普通の女の子だもん」

悪戯っぽく笑うまくりに、貫太はドキッとしてしまう。やっぱりまくりは可愛い。

こんな彼女欲しい。セックスしたい、と貫太は強く思い、温かいまくりの手をしっかり握った。

（ま、まくりの用が終わったら、ホテルに誘おう。絶対誘おう。いやまさか、まくりのヤツ、今日の用ってホテルに行くつもりなのでは？　そこでオナホを使うとか。だったらもう、そのままセックスだ）

貫太が燃えている。

「あった！　じゃーん、目的地はここです！」

七分くらい歩き、長いアーケード街を抜けたところで、まくりが立ち止まった。

「ここは……」


**『アダルトグッズショップ　オプレイス』**


「えーっと」

「さすがに一人で入る勇気がなくって。だって、中ってば魔窟だったらいやだし。オークとかに襲われたらいやだし。ビキニアーマー持ってないし」

「そんなアダルトグッズ屋はない！」

「捕まったら、太いアレでひぎぃって言わされちゃうんだよ？　くっ、このくらいで屈するわたしでは……でも感じちゃう、みたいな」

「まくりさんまくりさん、なんか皆見てますよ」

初めてのアダルトグッズ屋を前に興奮するまくりと、どん引きしてる通行人。

「あらやだ、わたしったら。行こ行こ」

頬を赤くして、貫太を引っ張り中に入っていくまくり。


「オークいないね」

「そりゃそうだ」

明るく清潔感のある店内を、好奇心に満ちた目で見渡すまくり。見るモノ見るモノがすべて新鮮で、もうじっとしていられない。

（ここは天国に違いない！）

本気でそう思った。

貫太はちょっと恥ずかしかった。こういう店では、おとなしく静かに、目的を果たしたらさっさと帰るというのが貫太の流儀だ。ただでさえ可愛い女の子がいることに違和感があるのに、そんなに目立って大丈夫だろうか。ほら、フロアにいる男性客がそそくさと退却していく。あ、リア充爆発しろみたいな目で見られた。これはちょっと優越感かも。

「まくり、店内では手は離そう」

「なんで？　リア充爆発しろって呪いかけられるから？」

「わかってンじゃん！」

「はいはい、あっ」

「いや、手を離して腕にしがみつけと言ってるわけではなくてだな」

「あっちあっち！」

「？？？」

突然まくりが背を丸め、焦ったように腕を引いて歩き出した。

「振り向かないで！」

後ろを確認しようとしたが、止められたのでそのまままくりに合わせて歩いていく貫太。

「どうしたんだよ？」

フロアの奥にある階段を上がり、上の階へ。

「学校のお友達がいた。お友達というか、風紀委員の子だけど」

「うわ、見回り？」

「わかんない。こんなところまで来てるなんて聞いたことないよ」

とにかく見つかったら大変だ。特に、まくりのアイドル人生に傷がついてしまう。

まくりたちはさらに上を目指して階段を上がっていった。

「わぁ貫太くん、オナホコーナーは七階だって♥」

「さすがアイドルは、こんなときでも余裕だな」

「全フロア、何があるか覚えちゃった」

まくりって、頭いいのか悪いのかさっぱりわからない。

◇

ドンコはまくりの通う女子校の風紀委員長である。

三角形の教育ママ的なメガネをかけ、デコ出し三つ編み、頬にはそばかす。いかにもお堅そうな、面倒くさそうな女の子だ。

家は神社で、普段は神に仕える巫女として働いている。堅い性格は家のせいだ。

今日は見回り……ではなく、普通にお客さんとして来店していた。

ドンコは風紀委員長のくせに、オナニーグッズにハマっていた。その容姿のため、小さい頃から委員長的なことをいつも押しつけられ、とてもイヤだった。過度のストレスの逃げ場が欲しかったときに、十歳離れた姉の部屋にあったローターに手を出した。

ローターの知識はあった。パンツを脱いでアソコに押し当てると、とんでもなく気持ちがよかった。いやなことが一切吹っ飛び、ドンコはその日、人生初の潮吹きを体験した。

それ以来グッズオナニーにハマり、ちょくちょくこの店に来ている。

男たちが自分のような性格・容姿の女子を好むわけがない。ドンコはそう思っていた。だから全然恥ずかしくなかった。「オナニーしてますが何か?」というオーラを出していつも店内を物色していた。イケメンの店員さんがレジ担当でも、まったく臆することなくオナグッズを買うことができた。

困った巫女さんである。

「あれ?」

階段を上る人影に、見覚えのある後ろ姿。店内に女子がいると、つい見てしまうのだ。

(まさか、西奈央まくり?)

ドンコの目が、性欲の姫の目から風紀委員長の目に変わる。

もしまくりなら大問題だ。我が校の生徒がこんないかがわしい場所にいるなんてけしからん。現場を押さえて教頭に相談せねば――自分のことを棚に上げ、ドンコはまくり退学劇を妄想した。

ドンコはまくりのことを目の敵にしていた。

学年は一緒なのに、自分とはまるで違う可愛い容姿。チヤホヤされて、彼女の周りにはいつも笑顔があった。

人生どこで間違ってしまったんだろうとドンコは嘆く。

顔の作りは仕方ない。親を選ぶことはできない。

しかしあの性格の明るさ、コミュニケーション能力、運動神経、女の子らしい体型、肌の美しさ、髪のツヤツヤ感……それらは全部努力次第でどうにかなるハズなのである。なのにドンコはできなかった。敗北者だった。あの子に比べたら、自分なんてゴミみたいな存在だと思い知った。

まくりはそんなゴミにさえ平等に扱ってくれた。それが嬉しく、そして同時に自分が絶対に敵わない存在なんだと思い知らされた。

だからドンコは、まくりを潰したかった。

どこまで追いつめれば潰れるのか、潰れたときどんな顔をするのか見てみたかった。

狂った方程式。しかしドンコの中で、すべて筋が通っていた。

そしてドンコは風紀委員会に入り、地道な努力でついに委員長という権力を得たのだ。

（スマホの電池はバッチリ。証拠写真を激写してやる）

ドンコが動いた。

◇

「貫太くん見て見て、オナホの歴史だって」

最上階はオナホコーナーだった。

女子校の子がこの階まで来ることはないだろうから、風紀委員もここまでは来ないだろうと踏んでまくりは余裕を取り戻した。

わざわざお店の人が作ったのだろう。オナホの歴史についてパネルに簡単に説明が書いてあった。

「へぇ、吾妻形《あずまがた》って言うのか。江戸時代から!?」

「江戸時代の人たちがオナホを使ってたかと思うと……んんっ、感動しちゃうね。もう時代劇がまともに観られないよ」

「まくりは相変わらず変態だな」

「ぶぅ、そんなことないもん。女子はみんなオナホ好きだよ?」

「んなわけないだろ。ほら、女子が好きなのはディルドだろ?」

「ふぁっ、張形って飛鳥時代からあるの!?」

「『遣唐使が持ち帰った青銅製』だとさ。こんなのホントに挿れてたのかなぁ」

「女はたまらなくなると、なんでも挿れたくなるんだよ」

なぜかドヤ顔のまくり。処女のくせに。

「まくりも？」

「わたしはその、処女だし、何も入れたことないし……。あ、ローターありがとね」

「あの後使ったのか？」

「聞かないで～～～」

ニヤリとする貫太に、まくりが頬を膨らませた。

ふと、貫太が気づいた。

「まくり、女子が上がってきたぞ。さっきの子じゃないのか？」

まくりは陳列棚に隠れ、フロアの入り口を見た。ドンコだった。

どうしよう——

まくりはピンチになるとヘンな閃きが起きる。

視界の端に、何か映った。

「貫太くん、あっち！」

さっきのフロア案内板に書いてあった。

このフロアには、オナホの試用室があるのだ。

オナホ試用室——

洋服屋の試着室のように、奥の一角にいくつもの個室が並んでいた。

中は狭く、一畳もない広さに、イスとティッシュ箱が置かれている。

ここでは、店頭にあるオナホを実際に試すことができた。

気に入ったらご購入。気に入らなければ、返却できる。

もちろん、使ったものは売れないので回収ボックスに入れることになる。それでも店は儲かっているようだ。

噂だが、オナホに残った精液を何かの実験に使うらしい。

精子レースを行うとか、クローン人間を作るとか、モテない女たちの顔にぶっかけて喜ばすイベントで使うとか……。あくまで噂だが。


「へぇ、ここでオナホを試せるんだぁ」

壁の注意書きを読んで、らんらんと目を輝かせるまくり。

「すごいなこの店。よくやるよ」

「くんくん。この場所で無数のオナホの処女が散らされてきたんだね。男子の欲望と開封されたばかりのオナホが混ざり合った匂い……ステキ！」

相変わらず変態である。

「ということで、これ！」

いつの間にかまくりの手にはオナホが握られていた。さっきの一瞬で見つけてきたモノらしい。

「抜かりなさすぎだろ！」

「まくりにおまかせ☆」

まくりってもしかして、ピンチの感じ方が自分と違うんじゃないかと思ってしまう貫太であった。

「さぁ～、ズボン脱ぎ脱ぎしましょうね～」

まくりは貫太のズボンを脱がしにかかった。貫太は抵抗する気力すらない。

「あの、まくりさん？　今の状況わかってますか？」

「え？　試用室でオナホテストするんでしょ？」

「じゃなくて！　ほら、さっきの子から逃げてるんだよな、俺たち」

「あー大丈夫大丈夫、貫太くんが干からびる頃には帰ってるから」

「そんなにすンの俺!?」

「んふーっ」

まくり野獣モード。

オナホを持ったまくりに何を言っても無駄だと貫太は学習した。それに、別にいやなことじゃないし、まぁいっかと思った。

「あ、試用室でのセックス禁止って書いてあるぞ」

「ヒドイよね、オナホを使うのがセックスにカウントされないなんて」

「いや、そういう意味じゃなくて」

「男女で入るなってことでしょ？　へーきへーき、大きな声出さないし。それに壁、一応防音みたいだよ」

そう言えば、外の音が聞こえてこない。

というか、この短時間にすべて確認済みで動いてるまくりに貫太は少し恐怖した。

「俺、前から気になってたんだけど」

「女の子の日の話？」

「違うよ！　いや、それも気になるけど」

「違うの？　男子ってセックスと生理のことしか頭にないんじゃないの？　あとオギノ式」

「悲しいかな、悲しいかな。水着の話なんだけど」

「水着オナニー！　いいよ、今度貸すね！　おち×ちんに巻きつけて、クロッチのところに射精するんでしょ!?　水着孕んじゃうね！」

「変態か！」

お互い口に指を当てて、「しーっ！」とする。興奮しすぎた。なんでまくりはすぐにオナニーの話に持っていくんだ。

「にしし、世の中をオナニーまみれに変えてやる」

おい、どんな宗教だソレ。

「女子の水着の試着なんだけどさ、あれって地肌に着けてるの？」

素で「はぁ？」という顔をしてしまうまくり。一瞬考え、

「そうなの。本番を意識しなきゃいけないから、一旦試着室で真っ裸になって着るんだよ。でねでね、気に入らなかった水着は、自分で元の場所に戻すの。だから前に試着した子のおま×こと間接キスしちゃうときもあるのよ。でも恥ずかしいから誰にも言わないでね？　女の子の秘密なんだから」

「やっぱりそうだったのか！　盗撮ＡＶは本当だったんだ！」

まくりによりすっかり露出したペニスが、ギュインッ！　と跳ね上がった。

計算通り。

まくりはニヤリとした。

事実なんかどうでもいい。貫太の妄想を増幅させることが自分への幸せに通じると学んだのだ。男は全員同じ考えを持つが、女は半数は逆の意見になる。どうせ自分が否定しても、残り半分は肯定なのだから、何を言ってもウソにはならないのである。

ちなみにまくりは、西奈央家専用の水着デザイナー（女・フランス人）がいるので、

店の試着室を利用したことがない。自宅で試着するときは、水着用下着を装着する。

「ひとつ目、行くよ!?」

貫太のヤル気が治まらないうちに、まくりはオナホにローションを練りこみ、背後からペニスにぶっさした。

「おふぅっ！」

突然の快感に、貫太の腰が引ける。まくりは胸を貫太の背中に押しつけ、オナホを抜き差しした。

「どお？　貫太くんどお？　オナホちゃんの処女、気持ちいい？」

「締めつけがすごい……！　なんだろう、なんか硬いのに挟まれてる感じ！」

「パチンコ玉みたいなのがいくつか埋まってて、それがおち×ちんを刺激するんだって」

「そんなオナホあるのか！　鉄の弾、いい仕事してる！　まくり、もっと動かして！」

ずにゅっずにゅっという、ローションの粘りの音が強くなっていく。本当に気持ちよさそうだ。まくりは嬉しくてたまらない。

「まくり！　くうっ！　まくりの膣、鉄の球が最高だよ！　まくり、まくり最高だよまくり！」

「そんなの埋まってないってば」

貫太は相変わらず、まくりの膣を想像してオナニーしていた。他の女子ではなく自分を想像してくれて、やはりまくりは嬉しかった。

「サービスしちゃうね」

まくりはシャツの前をまくり、ブラを露出させた。片手でプチンとホックを外すと、形のいい乳が解放される。次に貫太の背後に回ってシャツを押し上げ、ピンク色の丸い乳首を背中に押しつけた。

「貫太くん、わたしの乳首、わかる？」

「ふあああっ。まくりの乳首！　まくりのおっぱいが背中に押しつけられてる！」

柔らかい乳房と硬い背中。そのコントラストの中、乳房が押し潰されながら背中をナデナデする。貫太は経験したことのない乳房の柔らかさに、息が荒くなった。そして、さらに怒張したペニスが激しくオナホを犯していく。

まくりは羨ましくて仕方がなかった。

自分もあんなに激しく犯されたい。昨日から心の底で、セックスへの欲求がふつふつと湧き上がってきている。まくりは自然とデニムの股間に手を伸ばした。硬い繊維の感覚。この下は愛液が染みているに違いない。そこを指でいくら拡げようとしても、当然デニムを開けることはできない。閉まったままの貝にまくりは少し苛立ちを覚えた。

「ひゃっ」

突然、貫太の両手が、背後にいるまくりのお尻に回った。

「デニムのお尻、デニムのお尻！」

デニムの硬さとまくりのお尻の曲線を感じようと、貫太の指が動く。

スカートやパンツの柔らかさとは違う感覚に、貫太は新たな興奮を覚えた。

お尻のワレメがはっきりとわかる。ゆえに左右の丘もはっきり出っ張り、その曲線を指に伝えた。

「貫太くん、はぁ、はぁ、もう出そう？」

乳首で背中を擦るだけでもまくりは感じていた。硬くて肉の柔らかさを持つ貫太の背中は、乳首オナニーに適していたのだ。乳房を押しつけながら、貫太と共にまくりも快感を得ていた。そしてさらにお尻を撫でられることで、まくりは上下からの刺激を受けることになった。まくりはもう、たまらなかった。ズボンを穿いたままイッてしまうかもしれない。

「出そうだよまくり！　俺、まくりの膣に、思いきり精液ぶちまけそう！　まくり！　乳首もおしりもおま×こも気持ちいい！　まくり中出しするぞ、まくり——!!」

《コンコン》

貫太が射精しようとしたそのとき、突然ドアがノックされた。

まずい、店員にバレたか――!?

貫太は、さーっと性欲が引いていくのがわかった。

「やんっ、やんっ、ズボン穿いてるのに……イッちゃってる……」

一人、状況を理解していない(気にしていない)まくりが、ズボンを穿いたまま絶頂を向かえ、デニムの股間にシミを作っていた。

「あの、お取りこみ中申し訳ありません」

ドアの向こうから、若い女の声がした。

「は、はい、なんでしょう?」

「そちらにまくりさん、いらっしゃいますの?」

その言葉で、やっとまくりも状況を察した。

貫太はまくりを見て、「あの子?」と口の動きで聞いた。

まくりは「たぶん」と、ゆっくり頭を動かす。

「お、俺一人ですけど?」

いやな予感しかしない。

「でも、まくりって叫んでましたわ?」

ここは完全には防音ではなかった。薄く外に漏れていたのだ。

貫太は機転を利かし、冷静な振りをして答える。

「いやあの、まくりっていうのは、近所の商店街のアイドルの名前なんですけど、彼女、すごく可愛いからセックスしたくて。処女の彼女の中で孕むほど精液出したくてオナニーしてたんです……」

ややあって、

音が出ないように、まくりは「ばか」と、貫太を肘で突く。

「そうですの。すみません」

と言う声が聞こえてきた。

これで諦めてくれるだろうと、二人が思った瞬間、

「あたし、中に入ってもいいですか？」

と聞かれた。

ドンコもなぜ自分がこんなことを言ったのかよくわからなかった。

オナニー中の男のいる個室に入ったら、何をされるかなんて当然わかっている。

この異様な場所に漂う、空調では隠しきれないイカ臭さにあてられたのだろうか？

西奈央まくりは処女だという情報を得た。結婚するまではセックスしないのだと。

本当かどうかなんてわからない。アイドルなんて「わたし処女です」なんて言って、みんな裏でハメまくってるに決まっている、とドンコは思っている。

だがもし、まくりが本当に処女なら、自分が先に処女を捨てれば、彼女に勝つことができるのだ。

処女じゃなかったとしても、これで同じ土俵に立てる。

非処女相手にはどうしても臆してしまうドンコ。

処女か非処女かは、ドンコの対人関係における重要なファクターだった。

まくりと戦えるなら、正直、初めての男なんて誰でもよかった。重要なのは結婚する男だ。セックスの相手なんてぶっちゃけ誰でもいい。

「すみません、今はちょっと……」

「一人でするのがいいんですの？」

「あなたはまくりちゃんじゃないし」

「……そうですわね」

何よ！　とドンコは思った。誰も彼もまくりまくりまくり。そんなにあの子とセックスしたいのか。あたしじゃダメなのか。

壁に向かって、ドンコはべーっと舌を出す。

（意気地のない男め。お前は一生オナニーしてろ！）

心から黒いモノがわき出す。

（お前が童貞なら、卒業できるチャンスだったのに。初めてなら中出しくらい許してあげたのに。愚かなヤツ！

ドンコはこの場を去ろうとした。しかし、躯はそれを許さなかった。なんだかムズムズと、今すぐオナニーしたい気分になってしまった。

　仕方なく、一番端の個室に足早に入った。

　ドンコは全裸オナニーが大好きだった。着飾っている何もかもを脱ぎ捨て、本当の自分をさらけ出して快楽に溺れるのだ。すべてから解き放たれて絶頂を迎えると、本当に心が澄んだ気持ちになる。

　ドンコはスカートを脱ぎ捨てた。鏡に映るパンツの股には、うっすらとシミができていた。オナニーの準備はバッチリ整っていた。


　貫太とまくりは、ドンコが別の部屋に入ったのを感じ取った。

「今のうちだ、逃げよう」

　貫太の提案に、まくりは両手で輪を作り、貫太にそっと耳打ちする。

　まくりの手はホカホカしていた。

「このまま続けよう?」

「チャレンジャーすぎだぞ」

「貫太くんまだ出してないでしょ?　それにわたし、躰、火照ってるの」

「じゃあ、セックスする？」

「だーめ。バレちゃうでしょ？」

まくりはセックスを明確に否定しなかった。

昨日からじわじわと貫太とセックスしたくなってきていたのだ。貫太の硬いおち×ちんで膣の奥まで、幸せを感じるまで犯して欲しかった。

だが、まだ迷いがあった。

第一、こんなムードのないところで処女を失うのはゴメンだった。あとあと女友達に「初体験はどこで？」と聞かれて、「実はオナホの試用室で……」なんて答えたら完全にバカだと思われる。

「今度はコレ、使おう？」

まくりが手にしたのは、透明なオナホだった。中に入っているペニスが丸見えになる珍しいオナホだ。

自分のペニスを見て何が嬉しいのかわからないが、断面図的なアレを楽しむモノなのだろうか？　アリの巣観察キットだと思えば楽しいのかもしれない。

「いいけどまくり、おち×ちん萎えちゃったんだよ。また大きくしないと。というわけで、正面に来てパンツ脱いで」

「挿入はダメだよ？」

「素股ならいいだろ?」

「素股って、えーっと……」

まくりはオナニー以外の情報に疎いので脳内検索に時間がかかったが、ペニスを女子の股間に挟んで擦るプレイだと思い出した。

「オナホ素股!? 素晴らしい思いつきだね! 透明だし、それっぽいよね!」

「いや、最初は普通の素股で」

「えー↓」

まくりのテンション、ダダ下がり。

「大きくなるまでだから。数回擦れば大きくなるから」

「絶対挿れない?」

「オナホに誓うよ」

貫太はオナホを掲げて言った。

まくりは観念して、デニムのズボンを脱いだ。ショートだから簡単に脱げてしまう。

やはり内側は愛液が染みて変色しており、恥ずかしくなったまくりは、部屋の端に脚を振ってズボンを飛ばした。

そして股間には、白のローライズパンツが残った。

「おお、ローライズ!」

上部のゴムにより腰骨より低い位置で固定されており、股間の小さな布は、スジが見えるか見えないかくらいまでしかなかった。

「だってショートのときはこういうのじゃないと、屈んだときとか上から見えちゃうんだもん。パンツが」

「えろい！　えろいよ！　ステキですすまくりさん！」

やれやれという顔をするまくり。まぁ、喜んでいるならよしだ。

「まくり！　可愛いよ！」

貫太はまくりを抱きしめた。

そして、強引に唇を奪った。

「んっ……！」

突然のことにまくりは目を白黒させる。

唇に感じる、初めての温かさ。力強さ。

（ファーストキス、貫太くんに奪われちゃった……）

まくりは例えようのない快感で、へなへなと全身の力が抜けてしまう。

抵抗がなくなったので、貫太はまくりのローライズを脱がしにかかった。

とはいえ、ここで同意なく膣に挿入するわけにはいかない。

まくりの股間が露出する程度に下ろし、股間とパンツの間にペニスを差しこんだ。

ペニスに感じる、まくりのアソコの温かさとヌメヌメ感。

オナホではない生の感覚に、ペニスはすぐに爆張した。

(貫太くんのおち×ちんだ……。硬いおち×ちんがわたしのアソコに当たってる……)

まだ緩い頭で、まくりは硬いモノが股間に当たっていることを感じた。

(貫太くんのおち×ちん、アソコで触っちゃった……どうしよう、ドキドキが止まらないよぉ)

顔が真っ赤になるまくり。

貫太はまくりのシャツをめくり、乳房ごと乳首に吸いつく。柔らかく赤い乳首を舌で転がしながら、母乳を吸うように口をすぼめた。

「あっ、だめっ……おっぱい出ないから……あっ、あっ、そんなに吸っちゃいやん……」

まくりの唇と乳首を吸い、貫太は性的興奮がマックスになった。もう射精しそうだった。貫太はまくりを抱いたまま、腰を前後に動かし始めた。

ペニスの上半分がまくりのスジをこじ開け、柔らかい肉のヒダヒダに埋まりながら動く。

愛液でグチュグチュ鳴るそれはまるで、本当に挿入しているかのような感覚だった。

「まくり、本当に入ってるみたいだ。温かくて気持ちいい！」

「入ってないもん……んっ、硬いよぉ……」

「な、挿れてもいいだろ？」

「だめだめ。まだだめなの」

口ではそう言うが、まくりの心には違う言葉が溢れていた。

(挿れておねがい！)

この硬いペニスを挿れて欲しくてたまらなかった。

貫太のオナニーを見たり、抱きしめられたり、キスをされたり、乳首を吸われたり、素股をされたり……。まくりの中ですでに準備は整っていた。こんな場所だが、膣をペニスで犯されたくてたまらなかった。挿入の絶頂を味わいたくて仕方なかった。

「ほら入っちゃうぞ」

「や、だめ。だめだってばぁ」

(お願い、早く挿れて！　頭がおかしくなりそうだよ！)

「まくり、まくり！　膣に挿れるよ！　ほら、入っちゃうよ。亀頭が膣に入っちゃうよ！」

「やっ、やあっ……んっ、硬いの、入りそう……入って、きちゃう……！」

貫太がゆっくり力を入れ、蕩けた膣口に亀頭が半分入った瞬間、

「もう、だめぇ！」

貫太に抱きつきながら、まくりの腰がビクビクッ！　と震えた。初めての期待と興奮で感情が爆発し、まくりがイッてしまったのだ。

そのせいで亀頭はつるんと膣口から弾かれ、お尻の向こうまで滑ってしまった。

挿入ならず。残念也。

（あとちょっとだったのに……）

二人は同時に心でつぶやいた。

まくりが股間を見ると、愛液でグッショリ濡れたペニスがそこにあった。

「ご、ごめんね、おち×ちん、わたしのでいっぱい汚しちゃった」

「大洪水だったな。素股、気持ちよかったろ？」

「う、うん」

「じゃあ、本番行ってみようか。ほら、くぱあってして」

「だめーなの！」

《かぽっ》

まくりは想いを断ち切るように、勢いよく透明オナホをペニスに挿した。

「え、ホントにオナホ素股なの？」

「わたしの中に挿れたと思って、気持ちよくなってね♥」

まくりはオナホを内股に挟み、貫太の顔を見ながら腰を前後にゆっくり振り出す。

ネチョネチョとローションがペニスに絡み、いやらしい音を立て始めた。

「ふふ、貫太くん、気持ちよさそうな顔してる……」

「し、仕方ないだろ？　オナホなんだし」

まくりは貫太の耳元で囁く。

「わたしのおま×このお口と、オナホの中、どっちが気持ちいい？」

「ま、まくりのおま×こ」

「ううん、オナホだよね？　だってほら、貫太くん、息が荒くなってきてる」

まくりは小悪魔のように笑うと、胸を密着させて腰を振った。

ペニスの刺激と共にまくりのおっぱいの柔らかさを感じ、貫太は今にも絶頂しそうになる。

しかし貫太はまくりを離さず、この快感に挑戦するようにまくりを強く抱きしめ、さらに自ら腰を振り出した。

「か、貫太くん、きついよぉ」

貫太はまくりの唇を奪い、まくりを黙らせる。

「んっ、んんーっ、んんんっ！」

まくりは突然のことで、息ができなくなりそうだった。

でも、こんな強引な貫太もいやじゃなかった。むしろ、もっとして欲しかった。強引にされると、自分はこの人のモノなんだと思えて幸せを感じられた。

まくりの愛液がオナホを汚していく。

そのせいでオナホが股から滑り落ちそうになり、まくりは慌てて内股に力を入れた。クラスの子から、膣の締めつけが男性にとってとても重要なことだと聞いていたまくりは、いつも寝る前のスクワットを欠かさない。その鍛えた力でオナホを挟み、オナホはピクリともしなくなった。

その副作用として、オナホの内部にあるペニスも強く挟まれることになる。

貫太はオナホに強くペニスを挟まれ、グラインドするたびに今まで感じたことのないような強烈な快感を得ることができた。目の前に火花が散るような感覚に陥り、知らずと口の端からヨダレが溢れ出る。

まくりは子犬のように、そのヨダレをぺろぺろと舐めていた。そして、口の周り、唇、首を、その柔らかい舌で舐め回す。

貫太はその舌を捕まえるように口を開き、二人は舌を絡ませ合った。

「んっ、くちゅ……んんっ……ちゅう……はふっ、んっ、ちゅう……。唾液、混ざってるよぉ……」

お互い舌を絡ませ合い、混ざった唾液がだらだらと零れていく。まくりの大きな乳房に、オナホに、床に。二人は構わず、情熱的に舌を絡ませ合った。

「貫太くぅん……キス、おいしい……おいひぃよぉ……」

まくりは蕩けそうだった。初めてのキスをさっきしたばかりなのに、感じすぎてまたイキそうだった。

オナニーの後、いつも唇が何かを求めていた。子宮が疼くほど、唇が快感を求めていた。虚空を満たす相手に唇がやっと出会えたのだ。まくりはキスだけで孕みそうだった。

貫太はキスをしながら、まくりの乳房を弄り始める。

男子の手に余るほどの、まくりの大きなおっぱい。貫太は力を入れて、乳房を揉みしだく。

「あっ、はっ……んっ、……おっぱい……あぁんっ……形、変わっちゃう……」

柔らかくすべすべな乳房は、手の力に従順に形を変えていく。

貫太は大きく手を広げ、摑んだ山の麓を指先で刺激したり、そのまま手を引いて山頂の突起をクリクリしたり、気の赴くままにまくりの乳房を弄んだ。

まくりの乳首ははち切れんほど勃起していた。母乳が飛び出るんじゃないかと思うほど怒張していた。貫太はその乳首を口に咥えながら、まくりに話しかける。

「まくりの乳首、すごく硬い」

「はんっ……だって……だって気持ちいいんだもん……。貫太くんにおっぱい弄ばれて、乳首クリクリされて、ああんっ、おっぱい出そうなくらい、気持ちいいの……あんっ」

「おっぱいはどの辺が一番感じる?」

「乳首……乳首が一番なの。いつも乳首をクリクリすると濡れちゃうの。たまに体育の時間にね、みんなでブラ着けないで授業受けたりするの。乳首が体操服に擦れて、パンツの中、いっぱい濡れちゃってるんだよ」

「まくりだけ濡れてたの?」

「ううん、みんな濡れてるの……。女の子はみんな、乳首が擦れると濡れちゃうんだよ」

そんな夢のような授業があるなら、貫太も一緒に受けてみたいと思った。

「残念でした。女子校だけの特典だから男子は混ざれないの♥」

「くっ、読まれてる」

ふふっ、とまくりは笑った。

「そういや、まくりってアイドルの服持ってるだろ?」

ポスターで着ている服装だ。これも西奈央家お抱えのデザイナーが作ってくれた服なのだ。値段にして二桁万円の後半。汚れてもいいように、着替え用が八着ある。

「あれでノーブラになってくれよ」

「やぁよ。そんなことしたら、みんなの前で濡れちゃうもん……」

「じゃあ、俺だけの前でならいいか？」

まくりは想像する。誰もいない商店街で、貫太を目の前に顔が上気して歌っている。ノーブラの乳首が少し固い新品の服の内側で擦れ、ビクビクと震えている。やがてその刺激が全身に伝わり、汁が溢れていくのだ。床にポタポタと垂れていく愛液……。

「えっち」

「だめ？」

「ううん、オナニーしたい♥」

貫太が望むなら、お漏らしするほどお汁を垂らしたいと思った。

（そうだ、そのときはグレーの綿パンにしよう）

グレーのパンツは濡れたトコロがダークグレーに変わり、ハッキリとシミてるのがわかるからだ。美少女イメージビデオでよく使われる手法である。

（貫太くんってば、女の子のお汁大好きなのかな）

まくりは自分のアソコから溢れる汁が恥ずかしくて仕方なかった。お菓子みたいな甘い匂いと味ならいいのにといつも思う。でも貫太の精液の匂いは全然いやじゃなかった。舐めてと言われたら、きっと舐めてしまうだろう。貫太からすれば同じことなのかな？　とまくりは思った。

「俺、濡れたまくりのパンツを集めて、ふかふかのシーツにして寝たい」

「恥ずかしいよぉ」

「顔を埋めてスーハースーハーして、いい夢きっと見られるよ」

「わたしのお汁、いやじゃない？」

「まくりが感じた証拠なんだから、むしろ大好きだよ」

「はあんっ、嬉しい♥」

まくりは貫太の顔を引き寄せ、むさぼるようにキスをした。

まくりが恥ずかしいと思っていた汁を、貫太は好きだと言ってくれた。まくりは自分が受け入れられた気がして、嬉しさで蕩けてしまいそうだった。

「あんっ♥　くすぐったい♥」

貫太はまくりのお尻の肉を両手で鷲づかみにすると、おっぱいでしたように、思うがままに揉みしだいていく。

まくりのお尻は大福のようにもちもちして柔らかかった。女の子の体は、どこを揉んでも柔らかいのだ。柔らかさは乳房と同じくらいだが、お尻のほうが弾力があり、揉んでる満足感が高い。ずっとモミモミしたくなるのも仕方ないだろう。

「あっ、はあっ、やっ、やさしく撫でないで……ああっ、感じちゃうぅ……」

貫太はまるで痴漢をするかのように、手のひらでお尻の膨らみを優しく撫でていった。円を描くように、大きく大きく、そして小さく小さく。ときにはクレバスの深く、菊門の付近まで優しく撫でていった。

まくりは指を咥え、その優しい感覚に身をゆだねる。

突き出したお尻の谷間には、小さな菊門が見えている。そこはまるで息をするように、すぼめた口をゆっくりと開閉させていた。

まくりは感じ方が大きくなると、はしたなくそこが開くのだ。

貫太が中指の先でその周りを一周すると、まくりの体がビクビクっと震えた。

「お尻の触り方、えっちだよぉ。イッちゃいそう……」

「今度満員電車で、痴漢ごっこしような」

「わあ……みんなに隠れて貫太くんがオナホを犯すの？　素敵ぃ♥」

「まくりを犯したいのにっっっっ」

貫太は腰の動きを速めた。

まくりもそれに応え、股の締めつけを強めて腰を激しく動かす。

二人の腰が激しく打ち合い、お互い性器に激しい刺激が来る。

「まくり、俺、イキそう……！」

「イッて！　オナホ素股で、いっぱいイッて！　まくりのおま×こだと思って、思いきり射精して!!　あっ、ああっ、わたしもイキそう！　はあっ、はあっ、一緒にイクから、一緒に！」

まくりがギュっと貫太を抱きしめ、熱い唇でキスする。瞬間、貫太が果てた。

オナホの中に精液が勢いよく飛び出し、溢れて垂れて、床を汚していく。

部屋中に、貫太の精液の臭いとまくりのイキ汁の臭いが充満した。普段ならむせかえるほどの臭いだが、今は全然いやじゃなかった。

「はぁ……はぁ……はぁ……いっ……イッちゃった……」

二人は腰から崩れ、床に座ったままお互いの唇をむさぼり合った。

「キスしながらイクとすごいね……全身が痺れちゃった」

「ああ。いつもより三倍オナホが気持ちよかったよ……」

まくりは、いつもよりイキ汁が多いのを感じていた。キスだけでこんなになったのだ、もしペニスまで挿入されてイッたら、一体どんなことになるんだろうと少し怖くなった。

（あのおち×ちんがおま×こに入ったら……）

まくりはじっと貫太のペニスを見つめた。亀頭の先から精液がまだ垂れている。

（精液……欲しい……）

じっと見つめすぎたのか、貫太が意地悪く言う。

「ナニ見てるんだよ」

「え、あ、その、な、なんでもないもん」

「挿れたくなった？」

「そ、そんなことは……」

「挿れて欲しいだろ？」

貫太がまくりの手を握る。まくりはギュッと手を握り返した。

「中に……」

まくりが何か言おうとした瞬間、部屋の外からすごい声が聞こえてきた。

『イグあああああああああああああああああああ!!』

二人は思わずビクっとなる。

防音の壁を通しても聞こえる叫び声だったので、実際はすごい音量だったのだろう。

「今のまさか……」

「ドンコさん？」

『お、お、おぅっ、おぅっ、おぅっ、おぅっ！』

気持ちよすぎるのか、暴れて壁にぶつかる音までしてくる。

「どんな激しいオナニーなんだよ」

「ドンコさん……尊敬しちゃう……」

まくりはやはり、感動するポイントがおかしかった。

「お客様、大丈夫ですか!?」

あまりに心配になったのか、店員がドンコの個室のドアを叩いている。

貫太とまくりは冷静になり、ここにいると危険だと察した。

二人はそそくさと着替え、店員に見つからないように店を後にした。

(挿れたかった……)

「まくり、何か言ったか?」

「ううん、貫太くんこそ。あっ、隠れて!」

貫太はぐいぐいと店頭POPの裏に押しやられる。

「お嬢様、お仕事の時間です」

メイドの静香が車で現れた。

「あ、うん」

まくりは後ろ手に貫太に手を振り、車に乗りこんでいく。

そしてふかふかの後部座席で、結局処女を失えなかった膣口をそっと撫でていた。

静香に見つからないように。窓の外を眺めながら。

◇

次の日。まくりは暗い気分で授業を受けていた。

（あと少しだったのにぃ！　あそこでわたしがイったりしなければ……ううん、イク前に腰をグッと出していれば、先っぽからにゅるって膣に入ったはずなのに……）

まくりはあれからずっと反省していた。

あまりに反省しすぎて、昨日の夜も今朝も、オナニーをし忘れてしまった。

おかげで今日は体調がとても悪い。気分も優れず、例えるなら四十ワットの、しかもＬＥＤですらないトイレの電球くらいの明るさになってしまった。

なんだったら授業中にオナニーをして元気一発取り戻そうかと思ったが、自暴自棄になる気力すらなかった。

それに正直なところ、オナニーより貫太とセックスがしたかった。教室の後ろでも、女子トイレでもいいから、今すぐ貫太のペニスで膣を満たして欲しかった。

はらりと、まくりの机の上に紙が置かれる。隣の席の御手洗《みたらい》みーちゃんからだ。

『体調悪いの？　どれ、おぢさんがいいところ（保健室）に連れていってあげようか？　エヘエヘ』

と、キモカワイイおじさんのイラストと共に書かれていた。スマホの時代でも未だにアナログな通信手段が使われるのだ。

『大丈夫だよ。ありがと。愛してる☆』

「わ、私も愛してる！」

ガタガタッと椅子を鳴らしながらみーちゃんが立ち上がり、クラス中の視線を浴びながらまくりに告白した。

しまった、とまくりは思った。この学園、ホンキでまくりに熱を上げてる女子が多いのだ。貫太のことを考えていて、まったく気が回らなかった。

だが周囲からすればいつものことなので「ああ、またまくりの犠牲者が出たか」くらいの反応である。美少女も大変だ。

「御手洗さん！　授業中ですよ！　落ち着いて席について！　股間弄らない！」

「先生！　私、まくりちゃんと結婚します！　ここでセックスしていいですか!?」

「はいはい、わかったから席について。おとなしくこの黒板の文字、書き写してね」

先生も慣れたものである。

「えーっと、色即是空、空即是色……」

何の授業だかさっぱりわからない。

そのとき突然、ガラガラっと教室のドアが開き、誰かが乱暴に入ってきた。

「皆さんご静粛に。これより持ち物検査を行います」

入ってきたのは、風紀委員長のドンコとその部下たちだった。

「風紀委員長、こんなの聞いてませんわよ？」

「ええ、抜き打ちですから。先生、少し貴重なお時間を頂きますわ。この伝統ある我が校に、とても破廉恥なモノを持ちこんだというたれこみがありましたもので」

「破廉恥なモノ……？」

まくりは教壇で仁王立ちしているドンコと視線が合ってしまう。

ドンコが不敵な笑みを浮かべた。

やはりあそこにいたのが自分だと気づかれていた？　いや、確証がないからこうして抜き打ち検査にしたのだ。男子と一緒にいたのだから、グッズを持って今日会うはずだと踏んだのだろう。まくりはボケボケしていた全神経を叩き起こし、今後の行動を計算し始めた。

まくりはオナホとローターを学校に持ってきていた。最初の日に家に持ち帰った物と、その夜貫太にもらった物だ。（昨日お店で使ったものは、貫太が買っていった）

捨てるのも忍びないし、かといって部屋に置いておくと、優秀なメイドの静香に見つかってしまう可能性が高い。彼女はまくりが学校に行っている間、部屋の掃除をしているのだ。

早速何か没収されている女子もいたが、ＣＤとかお菓子とか、可愛い物ばかりだった。

　そんな中で、オナホやローターが出てきたら大変なことになってしまう。

　まくりは最悪の状況を想定し、焦っていた。

　世間はアイドルに男の影があることを極端に嫌う。清純なイメージが崩れてしまい、商品価値が下がるからだ。

　まくりは自分が商品だということを理解していた。商店街を復活させるためのイメージ商品なのだ。

　それなのに、精液のついたオナホなんか持っていたら一大事だ。商店街も学園も大ダメージを受けることになる。さすがにそれはマズい。

　もちろんわたしもタダじゃすまない。執拗な追及により変態女子だと、子供の頃から一日二回はオナニーしないとスッキリしないのだとバレてしまったら、行く先々でレイプされてしまう。

　ついに前の列までドンコの部下が来た。

　まくりは意を決して立ち上がり、鞄を胸に抱えて全速力で教室を飛び出した。

「捕まえなさい！」

　まくりが逃げることを予想していたドンコは、体格のいい部下を入り口に配置していたのだ。

（もう、何人連れてきたのよ！）

しかし、まくりはそれを身をかがめて軽くかわし、バネのように伸び上がったかと思うと、廊下をスプリンターのようにダッシュしていく。その鮮やかさに教室からは黄色い歓声が上がり、風紀委員はポカンとしていた。

まくりは運動神経もいいのだ。変な体勢でのオナニーも得意とするまくりは、いつの間にか筋力や柔軟性がアップしていた。まさに、オナニーさまさまである。まくりはこれを『オナニー健康法』としていつか世に知らしめようと思っていた。

「ボケっとしてる場合ですの!?　さっさと追いなさい！」

ドンコの怒号が飛び、部下たちは弾かれるように、慌ててまくりを追った。


まくりは追っ手を振りきり、体育館の倉庫に隠れていた。

「どうしようどうしようどうしようどうしようどうしようどうしようどうしよう」

隠れたまではよかったが、その後のプランがまったく思いつかなかった。

校門は今頃封鎖されているに違いない。この学園は高い塀で囲まれ、校門以外からは出入りできない仕組みになっていた。塀がなかった頃は、有名女子校だけに、ヘンな侵入者が多かったそうだ。

気がつくと、足音が近づいてくる。会話から、追っ手だとわかった。

まくりは震えながら口を手で押さえ、それをやり過ごす。

ホッとした瞬間、携帯電話が振動し、飛び上がるほど驚いた。

貫太からだった。藁にもすがる思いでまくりは電話に出る。

「貫太くん助けて！」

まくりは手短に状況を説明した。彼女は説明能力も高いので、貫太はすぐに状況を理解する。

「わかった、なんとかするからお前は（ピッ）」

また誰かが近づいてきた。会話の途中であったが、まくりは電話を切らざるを得なかった。

今すぐ貫太に助けてもらいたかった。しかし、遠くにいる貫太ではこの状況を打開できない。第一ここは、処女の膣のように厳重に守られた女子校である。入ることすらできないだろう。

（オナホだけ置いて教室に戻る？）

ううん、あのしつこい風紀委員のことだ。学校中をくまなく探してオナホを見つけてしまうだろう。オナホに残った精液と愛液からＤＮＡ鑑定を行って、まくりが特定されてしまうのは時間の問題だ。

それだけは避けたかった。どうしても避けたかった。

「そうだ！　学校のシステムにハッキングして……ふぇ？」

スマホのロックを解除した瞬間、メーカーロゴが表示され、シャットダウンが始まった。絶妙なタイミングだった。

そして画面はブラックアウト。バッテリー切れである。

現実を受け入れられず、何度も何度も電源ボタンを押すまくり。しかし、何も起きるはずはなかった。

真っ黒な絶望感が襲ってきた。

「あと探してないのはここだけですわね」

外からドンコの声がする。

まくりは、「はぁ」とため息をついた。

もうここで人生が終わってしまうなら、いっそ最後のオナニーをしようかと考えた。

ああ、パパママごめんなさい。こんな子に育ってしまってごめんなさい。

まくりはここで人生を終えます。

ごめんね貫太くん。本当はわたし、あなたとセックスしたかった……。

《ガラッ》

体育倉庫のドアが開いてすべてを覚悟した瞬間、外がなにやら騒がしくなった。

「何事ですの？」

ドンコの携帯電話が鳴った。屋上を探していた部下たちからだ。

『ドンコ様、学園に侵入者です！』

「まさか！　門を突破されたとでも言いますの？」

『それが、空から』

「空!?」

『ドローンです！　校庭にドローンが浮かんでいます！』

「！　盗撮ですのね」

『いえ、ドローンについてるのはカメラではなく、その、なんと申しますか……ごにょごにょ』

「はっきり報告なさい」

『その、噂に聞く、ばっ、ばっ、ばっ、バイブが！　自慰のときに使うバイブが、黒くてぶっといヤツが！　ドローンにいくつもぶら下がってウネウネ動いております！』

「ぶっといバイブが!?」

『ついでに、男物のパンツも！』

どういう状況なのか、ドンコにはまったく理解できなかった。しかし、放っておくワケにはいかないことはわかった。

「撃ち落としなさい！　野球部、射撃部、弓道部……とにかく、撃ち落とせる可能性

『それが、みんな初めて見るバイブに夢中で、誰も動けません！』

「んが!?」

運動部は男に免疫のない純真な乙女が多かった。特にそういう子ほど部活に熱心で、技能が高かった。もちろん、セックスやバイブに関しての知識は、毎日のように飛び交う話題で得ていた。興味もあった。皆いつかはバイブを使ってみたいと思っていた。

だが中途半端な知識は、実物を前に恥ずかしさを倍増させるだけであった。

「あたしが行きますわ！　ついていらっしゃい！」

『さすがドンコ様！』

ぶっちゃけ、バイブなんて見慣れすぎてなんとも思わないドンコであった。

(なんだか知らないけど、助かった)

まくりの瞳に光が戻り、立ち上がった。

「……まさか、貫太くんが？」

とにかく、今はここを逃げ出すのが先決だった。

まくりは一階の廊下まで走って出た。

そしてその窓から上履きのまま外に跳び、塀を目指して走る。

塀の高さは三メートル。さてとどうやって乗り越えるか。

（外に放り投げる？　ううんダメ。誰かに持ち去られたら……貫太くんとの初めての思い出がなくなっちゃう。それだけは絶対にいや！）

しかし、助かる道はそれしかない。

いっそのこと、この場で舌を嚙んで死んでしまおうかと思ったそのとき、

「まくり！」

幻聴？　聞き覚えのある声に、まくりは辺りを見回した。

「こっちだこっち」

股の下から声が聞こえる。

見ると、壁の一部が劣化して壊れ、穴が開いていた。完全に補修忘れである。

穴を覗くと、誰かと目が合った。

「貫太くん⁉」

「無事か⁉」

「貫太くん！　貫太くん！　貫太くん！　貫太くん！」

「ターゲット確認！　壁前・Ｄ２にいます！」

廊下の窓から、ドンコの部下がこちらを指さしている。完全に見つかってしまった。

（おねがい！）

まくりは、鞄からピンクの巾着袋を素早く取り出し、後ろ手に穴にグイグイと押し

こんだ。中にはオナホとローターが入っている。

「西奈央まくり、ここまでですわよ。観念なさい」

いつの間にか現れたドンコと二人の部下がまくりを取り囲んだ。

「さすがね、ドンコさん。わたしをここまで追い詰めたのは貴女が初めてよ」

ニヤッとドンコがまくりを見下した瞬間。

まくりが弾けるように、ドンコと部下（みずほさん）の間に走った。

「予測済みよ！」

みずほさんはラグビー選手のように宙を舞い、まくりに襲いかかった。さらにドンコが、ワンテンポ遅れて回し蹴りを仕掛けてくる。

しかしまくりは瞬間的にのけぞり、スライディングでそれを避けた。スカートが舞い、白いパンツがチラリと見える。

まくりは地面に手をつき、それを軸に回転しながら体を起こす。そしてサッと片手でスカートの裾を下ろし、露出した白い太ももを隠した。

「危ないじゃない！　当たったらどうすンのよ！」

「鞄を狙いましたの。反則じゃありませんわ？」

はっと手を見ると、鞄がない。

「さすがドンコ様！」

どんな奇術を使ったのかわからないが、まくりの鞄はドンコが持っていた。ドンコのほうが一枚上手だったようである。敵ながら天晴れと言うほかない。

「調べなさい」

みずほさんが手際よく風呂敷を地面に敷き、鞄を渡された委員（りそなさん）がその上に乱暴に鞄の中をぶちまける。

「貴女の秘密、暴かせて頂きますわ？」

鞄の中からは、教科書やスケジュール帳、まくりの必需品・除菌ティッシュ、化粧道具、制汗スプレーなんかが出てきた。あら、なくしたと思ったキーホルダー、そんなところにあったのね、なんてまくりは余裕だ。

（無駄よ。いかがわしいものはもうなーんにも出てこないんだから）

「ドンコ様、これ！」

焦る声に、あれ？　まだ何かあったっけ？　と心配になるまくり。

「高そうなシルクのパンツです！」

「広げないでよ！」

「ぺろり。未使用ですのね」

「舐めないでよ！」

「私にも！　ああ、なんて素敵な肌触り……」

「変態なのあなたたち⁉」

貫太を三人相手にしているようだ、と心の中でツッコミを入れるまくりであった。

ドンコの部下たちも実はまくりのファンなのだ。ぶっちゃけこの学園でまくりのことを目の敵にしているのはドンコくらいである。まぁそれも、愛情の裏返しなのだが。

「あっ、ドンコ様、こんなのもありました！」

人気アイドルグループ『ハイホープリンス』のライブチケットが出てきた。

そういえばそんなのもあったなと思った。商店街でもらったやつだ。なかなか手に入らないらしいが、まくりはアイドルに興味がなかったので、正直いらなかった。しかしせっかくの好意を無駄にするわけにもいかず、もらったまま鞄の肥やしになっていた。

「こここここここ、これは⁉」

ドンコは隠れハイホープリンスファンなのだ。ファンクラブにも入り、ＢＬ同人誌を先日池袋で大量に買ってきたくらいだ。もちろんドンコのオナネタは、大半がこのグループに舞台裏で輪姦されるネタである。

「校則違反だったかしら？」

「ととと当然です！　こんな、羨まし……いや、ハレンチな！」

何がハレンチなのかよくわからないが、ドンコが気になっていることはわかった。

「じゃあ、没収していいよ？　返却してもらわなくてもいいけど」

「なんですと!?　これ、いらないと申しますの!?」

「まぁ、そういうことね。校則違反だしね」

「し、仕方ないですわね、西奈央まくり。そんなにおっしゃるなら、あたしが大切に預からせて頂きます」

「あ、破いて捨てようか？」

「わー、何するんですの!!」

まくりから庇うように、チケットを大事そうに胸に抱くドンコ。

「じゃ、他にないようだから、わたし行ってもいい？」

「も、もちろんですわ。今度からは気をつけなさいなのよね」

一応威厳を保とうとするが、動揺が全然隠せていないドンコ。まくりは心の中でべーっと舌を出す。

「みずほさん鞄をお返ししてあげて」

みずほさんは鞄の中身を丁寧に戻し、返却した。

「ねぇ、パンツは没収じゃないわよね？」

ハッと、りそなさんはパンツが入った巾着を鞄に戻した。今日のオナニーはまくりのパンツと決めていたりそなさんは、ものすごくガッカリしていた。

「わかったわかった、あげるから、それ。ドンコさんが舐めちゃったし」

ガッツポーズのまま、りそなさんが果てて倒れた。

「じゃあね、皆さん。ばいばーい」

こうしてまくりは、最大のピンチを乗りきることができた。

そして、このまま学校を早退した。

一刻も早く、彼に会いたかったのだ。

◇

「貫太くん貫太くん貫太くん貫太くん貫太くん貫太くん!!」

貫太の家の玄関で、まくりは、大事な巾着袋を持って笑顔を見せる貫太に大胆にも抱きついた。

「ありがとう！　ほんとに！　ほんっっっっっっとにありがとう！」

「なに、まくりのためだ。役に立ててよかったよ」

「うん！　うん！　ありがとう！」

ぎゅーっと腕に力を入れ、貫太の胸に顔を埋める。

貫太の胸の大きさに男らしさを感じ、まくりはやっと安らぎを得られた。

対して、貫太のほうは大変であった。

まくりの髪の毛のいい匂いが鼻腔をくすぐっている。

女の子ってなんでこんなにいい匂いがするんだろうと思ってしまう。

そしておっぱい。

ブレザー越しに伝わるまくりの体温と胸の柔らかさに思わず勃起してしまい、その膨らみがバレないようにと腰を引いた。今勃起を悟られたら、色々台なしだと思ったからだ。

「大変だったな」

「でも貫太くんが来てくれた♥」

本当に嬉しそうな声に、貫太の顔も緩んでしまう。

「間に合ってよかったよ」

「騒ぎを起こしたのも貫太くん？　よくドローンなんて持ってたね」

「自転車カッ飛ばしていったらさ、校門にまくりんところのメイドがいたんだよ。で、協力するって」

「静香が？　なんで？」

まくりはふと思った。あの子もしかして、携帯、盗聴してるんじゃないの？　と。

すると、貫太とのことは全部バレていることになる。まくりの体に悪寒が走った。

「まくりが呼んだんじゃないのか？　それにしちゃあの子、妙に協力的だったぞ。接近禁止のこと知らないのかな？」

いや違う。静香も、情報として昔に起きた事件のことは知っているハズだ。それでも協力してくれたということは……

「もしかしてド近眼で、俺のことわからなかったとか。いつもは瓶底メガネかけてるとか？」

「試されてるのかもね」

「俺が？　まくりにふさわしいかを？　どど、どうしよう？」

動揺している貫太が可愛いと思うまくり。

だからゆっくりと、人差し指で貫太の胸を突きながら言った。

「わたしには、合格だよ♥」

照れくさくなって、貫太はナハハと笑う。

「上がってもいい？」

「もちろん。今日は親が出かけてて朝まで帰ってこないよ」

「ほう…………」

まくりは思った。じゃあ朝まで一緒にいられると。

何回でもエッチできると。でもそんなに中出しされたら、赤ちゃんできちゃうかもと。すっかり中出し前提でセックスすることになっている。

そして、誰のところに泊まりに行ってることにするか、脳内で女友達リストを検索し始めた。

「あ、ヘンな意味じゃないぞ？　いや、ヘンな意味なのかな。オナホを使うことが普通に感じてきちゃったよ」

まくりが黙っているので、どん引きされてるんじゃないかと貫太が焦った。

「ふーん？」

なんだか嬉しくて、まくりは階段を上りながら貫太の腕にしがみついた。

「なんだよ、なんかいつもと違くないか？」

「実はわたし、貫太くんなんです」

「何言ってんだよ。じゃあ俺は誰なんだよ」

「可愛いまくりちゃん」

そう言って、貫太の腕に胸を押しつけるまくり。

「意味がわかんないよ」

「いーの」

まくりはとても上機嫌だった。

「あ、そうだ」

貫太の部屋の入り口で、思い出したふうに言うまくり。

このままベッドへGOかと思ったが、よく考えたらこのテンションだと自分から貫太を押し倒すんじゃないかと危惧したのだ。

まくりにも一応思いはある。

初めてセックスするときは、彼氏のほうから迫って欲しい。強引でも乱暴でもいいから、彼氏から迫ってきて、自分が「いやいやっ、ママに怒られちゃう」「初めてなの。優しくしてね♥」というセリフを言いたいのだ。なんの本の影響かは不明だが。

というか、よく考えたら貫太からちゃんと告白もされてない。

以前、セックスしたさで結婚しようと言われたことはあるが、あんなのはノーカウントだ。

まずは貫太に、ちゃんと告白させなければならない。

ということは、まずは自分の女子力を見せつけなければいけない。

そこで考えた。

男を落とすには、性欲と食欲だと。

「貫太くん、お夕飯作ってあげるね？」

まぁこれも、何かの雑誌に書いてあったニワカ知識なのだが。

「まじで？　まくりって料理作れるの？」

「意外？」

「そんなことないよ！　俺、まくりの手料理食べたい！」

「まっかせて！　肉じゃがとハンバーグとカレーは得意なんだから！」

ザ・マニュアル知識。

まくりが本当に男性経験がないことがよくわかる。

「やった！　俺、それ超好きなんだよ！」

それならよし。

「じゃあ、作ってくるから、貫太くんはオナニーして待っててね」

酷いセリフを残して、まくりがキッチンへと降りていった。

「よーし、貫太くんオナニーしちゃうぞ！」

貫太もたいがいのバカ者であった。

しかし、ズボンを脱ぎかけたところで、ふと気がついた。

料理と言えば、裸エプロンであると。

これはもう突撃するしかあるまいと。

貫通型オナホでラッパを吹くマネをする。

「パッパラッパ、パッパパッパラ、パッラパッラパッパパー♪」

「突撃ー！」

　貫太もキッチンへと降りていった。

「ありゃ、もう出しちゃったの？」

　キッチンでは、制服にエプロンを着けた可愛い姿のまくりが奮闘していた。

「してないっての」

「お腹空いちゃった？　おつまみ先に作ろうか？」

「いや、大丈夫。エプロン姿、似合ってるな」

「えへへ。ありがと。勝手に使っちゃった」

　貫太の母のエプロンだが、着る人間が違うとこうも印象が変わるものなのかと貫太は思った。なんだか新婚さんみたいで照れてしまう。

「何か手伝おうか？」

「ここは女性の聖域よ？　殿方はあっちで、おとなしく待っててネ♪」

　菜箸であっち行けと言われた。

　そして、タブレットで調理法を確認するまくり。

「インターネット頼りか！」

「インターネットは人間の外部補助システムよ。待っててね、超美味しいの、作るから☆」

「いや、いかーん！」

「えー？　だめなのぉ？　わたし、素だとお酒のおつまみ程度の物しか作れないけど……」

「ちっがーう！　料理と言ったら裸エプロンだろうがー！」

「そっちかー！」

毎度のことながら、エロい貫太に感心してしまうまくり。

「ほら、向こうで着替えてくる。待ってるからな」

「本当にするの？　って、はい。目がマジですね……」

コンロの火を止め、まくりはトボトボと脱衣所へと下がっていった。

…………。

しばらく経ち、

「こ、こんな感じ？」

最初顔だけひょこりと出したまくりが、すごすごと恥ずかしそうに入ってきた。

「って、おしい！　下着にエプロン！　下着イラナーイ！　ノーブラジャー！　ノーパンツ！」

「おねがい、これで許して！　その、思ったより恥ずかしくて！」

まくりが目の前で手を合わせる。

一旦全裸にエプロンを着けてみたが、その姿があまりに官能的すぎて、たまらず下着を着けてしまったそうだ。

仕方ない、貫太は今回はこれで許すことにした。まくりにも恥ずかしいことがあるのかと貫太は感心した。何事にも段階というものはある。

「ふんふんふ～ん♪」

まくりは再び料理を開始した。

なんだかとても楽しそうで、見ているだけで自然と笑みがこぼれる。

(好きな男の子のために料理作るのって、なんだか楽しい♪)

トントントン、包丁も躍っている。

リズムよく体も動くものだから、パンツのシワも絶え間なく変化する。貫太はちょっとずつ勃起してきた。

「さて、ここで問題で～す♪」

「何だよ、急に」

「まくりちゃんの料理が美味しいのはなーんでだ?」

「作ってる子が可愛いから?」

「やだもう、貫太くんたらぁ♥　正解は、作ってるまくりちゃんが愛情をこめているからです。愛情～♥」

ノリノリである。

そんな調子で、可愛い女の子が下着エプロン姿で、しかも自分のために、楽しそうに料理を作っているのだ。もう貫太は我慢ができなかった。

「まくり」

貫太はまくりの背後から近づき、そっと肩を抱いた。

そして振り返ったまくりに、何も言わず唇を重ねる。

「んっ……」

唇の蕩けるような刺激で、まくりは全身の力が抜けていくのを感じた。

それに、強引なキスに男らしさを感じ、体のスイッチが入ってしまった。

「貫太くん……もっと……」

唇の刺激を求め、まくりはキスをせがむ。

貫太が再び唇を合わせてくると、まくりの口の中に舌が割りこんでくるのを感じた。

「んふ……んっ……じゅる……んんっ……」

まくりの口の中で、貫太の舌がウネウネと動く。

その柔らかさ、いやらしさに、まくりは激しく興奮した。膣にペニスが入るのもこんな感じだろうかと思うと、膣が熱くなるのを感じた。

まくりの口の端から唾液が溢れる。

最初は恥ずかしいと思ってすすろうと思ったが、貫太に身を任せればいいんだと思い、なすがままに垂らしっぱなしにすることにした。ぼたぼたと落ちる唾液が、エプロンを汚していく。ぐちゅっぶちゅっといやらしい音を立て、二人はしばらく舌を絡ませながらキスをむさぼった。

そして、急に宙に浮く感覚。

「え？」

まくりはお姫様だっこをされていた。

(貫太くん、逞しい……)

自分を軽々と持ち上げる貫太の男らしさに、ドキドキしてしまうまくり。

腕に抱かれながら、『これからついにセックスするのね』と覚悟を決めた。

まくりを抱えた貫太は自室へと移動する。そして、ベッドにそっと下ろした。

「覚えてるか？」

「あ、ここは」

昔、貫太の前でオナニーをしたところだ。

ソファもそのまま。とても懐かしい。まくりの心がふと、あの頃に戻る。

「まくり、俺、あの頃からまくりのこと、ずっと好きだった」

まくりは一瞬、今の貫太に言われているのか、あの頃の貫太に言われているのかわからなかった。だが、どちらの貫太も好きなことには変わりがなかった。

「だからまくり、もう一度ここからやり直したい。まくりとちゃんと付き合いたい」

「貫太くん、嬉しい……」

今が幼かったあのときではなく、二人とも成長した現代なのだと思い出すように、二人は唇を重ねた。

「わたしも、ずっと好きだったよ」

「うそだぁ」

「本当だよ。ピアノの発表会で貫太くんのこと気になって、だから来てみたかったの。そしてえっちなことを教わって、ずっと貫太くんのこと考えてた。だから、会えなくなってとっても寂しかったの」

「俺も寂しかった。まくり以外の女の子とは付き合いたくなかったんだ」

再び口づけを交わす。舌を絡ませ、もっともっとひとつになりたいと、深い欲望が二人を包みこんだ。

「まくり、俺、まくりとひとつになりたい。いいか?」

コクリと小さく、頬を染めながら頷くまくり。

「して。わたしのここ、もう熱くてたまらないの。貫太くんじゃないと治まらないの」

まくりはパンツごしに、指をスジで往復させた。スジの形がわかるくらい、深く深くそこを擦った。

貫太は顔を近づけ、その柔らかそうな部分をじーっと見つめる。

スジにはシミが広がり布の色を変えていった。そしてその恥汁は、指が動くたびにジワジワと大きく広がっていった。

「貫太くん、おねがい……ここにして……」

ピタリと、ある場所で指が止まった。布の下に、まくりの未熟な蜜穴が隠れているはずだ。

貫太はパンツの上からその部分にキスをした。そして吸いつき、舌全体でその部分を舐め上げる。

「はっ、あっ、舌が……やん、うねうねして気持ちいい！　あっ、あっ、そんなに舐めちゃいや……んっ、ぱんつ、ぐちょぐちょになっちゃうよぉ……」

それでも貫太は執拗に布を舐め上げる。布を融かしてしまいそうな熱い唾液と染み出す愛液が混ざり合い、さらに大きなシミをパンツに作った。

布越しとは言え、自分のいやらしい場所をなぶられる感覚に、まくりはイヤイヤをする。

「貫太くん、だめ……お願い、もう許して。ヘンになっちゃうよぉ……あっ、あああっ、やっ、イッちゃいそう……んあっ、はああっ、だめ、このままじゃ……」

まくりは快感から逃れようと、太ももで貫太の頭を抱えこむ。しかし貫太は許してくれなかった。舌でクレバスを押し開くと、唾液が膣内に入りこんだ。

「はぐっ……！」

一瞬、まくりの体が丸くなり、太ももが貫太の頭を猛烈に締めつける。

「ふああ……」

そして緊張が緩み、貫太の頭が解放されると共にパンツに熱い汁が広がった。クロッチはもう、まくりの女の子汁でぐちょぐちょだ。

「イッちゃった？」

「聞かないで。ばかぁ」

「ぐちょぐちょで気持ち悪いだろ？　俺が脱がしてやるよ」

貫太はまくりのパンツの端に指をかけ、脱がしにかかる。

パンツを股間から離そうとするが、愛液が接着剤となり、クロッチがアソコにくっついていた。

力を入れてパンツを下ろすと、クロッチとアソコの間につーっと糸が引く。

そしてまくりの綺麗なアソコが、包み隠さず目の前に現れた。

「まくり、アソコが糸引いてる。エロすぎ」

「そんなの言わなくていいよぉ」

まくりの顔はすっかり真っ赤だ。

「くんくん、匂いも、エロくて最高」

まくりはあまりの恥ずかしさに、股を閉めて両足の太ももを擦り合わせた。

「だめだ。隠すな」

貫太は男の力で両足を強引に開いた。

あまりの恥ずかしさで、まくりの顔が真っ赤になる。

貫太は露出した膣口に顔を寄せて、じっくりとアソコを観察した。

「まくりのここ、ピンク色だし、露で光ってとても綺麗だ。まるで息をしてるみたいに、穴の大きさが変わるね」

「そんなに観ないでよぉ」

まくりの膣口は、あれだけ毎日オナニーしているのに薄桃色で、とても綺麗な色と形をしている。オナニーを繰り返すのに適した、神に祝福された体である。ゆえに変態だ。

「記念に写真撮るぞ?」

「ダブルピース……って、ネットに流出するからやだぁ」

「大丈夫だよ。ヘンな添付ファイルを開かないから」

貫太は記念に、まくりのアソコの写真を何枚も撮った。

貝が閉まっている状態、そしてくぱあっとしている状態。処女膜もバッチリ撮った。

まくりは顔から火が出そうだった。

「まくりの処女膜、よく見えるよ」

「そんなの撮っちゃヤだぁ」

「大切な記録だよ。もう二度と見られないんだぞ？　ほら見るか？」

「鏡でいつも見てるもん」

そこには愛らしい処女膜が映っていた。

こうして画像になると、なんだか愛しさが増す気がした。さようなら少女の自分。

「処女じゃなくなってもわたしのこと嫌わない？」

「嫌うわけないだろ？」

なんだか泣きそうな顔をするまくりに、貫太はキスをした。

「まくりはまくりだよ。変わっていっても、俺はまくりのことがずっと好きだ」

「貫太くん……。きゅんって来ちゃった。お願い、挿れて」

「もうちょっと前戯しないとな」

貫太は乳房に手を伸ばす。

白くてすべすべな膨らみ。柔らかな曲線。ツンと勃った乳首。

母乳が出ているわけではないが、乳臭いような錯覚を覚える。

股間の土手も柔らかいが、こちらの二つの丘とは比べものにならなかった。

マシュマロのような柔らかさ。そして手のひらに伝わるすべすべ感。

貫太は力を入れてマシュマロを揉みしだいた。

「んっ、はっ、ああ……そんなに強くしちゃ……ああんっ」

柔らかな乳房は、揉まれた通りに形を変えていく。

そしていくら押し潰しても、引っ張っても、引っ張ったままぷるぷる揺らしても、両乳を前後左右互い違いに向けても、指を離した途端にぷるんとすぐに元の形に戻ってくる。

男の征服欲を刺激する乳房。

ずっとこのまま揉みしだいていたいと思った。

「ねぇ貫太くん……揉むだけじゃいや……」

まくりは乳首を吸って欲しかった。貫太の唇で、ちゅうちゅうと赤ちゃんのように乳首を吸って欲しかった。

「じゃあ、こんな風がいい?」

貫太は両方の乳房を卵を握るように柔らかく包み、前後左右に激しく揺すった。

ぷるぷるぷるぷるぷると、波を打つようにおっぱいが揺れる。

「あああんっ、ちがうのぉ。おっぱいで遊んじゃだめぇ」

「大きなプリンが震えてるみたいだ。まくりって何カップだっけ？」

「Fカップ……だよぉ……ふああ……」

「これがFカップの揺れか。さすがファックカップ、感動だ！」

ぷるぷるぷるぷるぷると振動は続く。このままずっと揺らしていたいと思うほど、なんだか癒やされてしまう。

「ち、乳首も……乳首もお願い……」

「まくりはいつも、どうやってイジってるんだ？」

「指でね、指で弾くの。ピンピンって。指で弾いて、あっ、そう……そうなの、ピンピンって……ピンピン、ピンピン……き、気持ちいいよぉ……」

貫太は指先で赤く膨れた乳首を弾く。何度も何度も何度も何度も。

指で弾かれるたびに、まくりが短い声を発して敏感に感じた。

「乳首、そんなにいいのか？」

「うん、電気が走ってるみたいになるの。おっぱいから全身に向かってビビビってて……あっ、あっ、あああああんっ」

刺激され、勃起した乳首がさらに硬くなっていく。まるで射精する前のペニスのようだった。

「ねぇ貫太くん、もういいよね？　もう挿れてくれるよね？」

「まだまだ」

口を大きく開けて乳首ごと乳房を口に含んだ。

舌で乳房を舐めると、柔らかな果実を舐めているような感じがした。

唇で乳房をねぶり上げ、口をすぼめてちゅうちゅうちゅうと乳首を吸い上げた。

「はぁぁん！　いじわるぅ。挿れてよぉ……おねがい、おま×こ……おま×こに挿れてぇ……」

貫太はクリトリスへの刺激も忘れない。乳首とクリトリスへの刺激で、まくりは激しく躰を揺すり悶えた。

「あっ、はっ、だめ貫太くん、それされると、わたし、すぐにイッちゃうの。だめなの、自分で調教しちゃったの。はっあっ、乳首とクリトリス……んんっ、やっ、子宮がきゅんきゅんしちゃうの！」

貫太は乳首を甘噛みする。歯で軽く噛み、左右にかるくギリギリし、優しく舌で包むように舐めてあげた。

「やだなにそれ！　あっあっ、乳首すごいっ、いやんいやん、乳首感じちゃう！」

まくりの体がゆらゆらと鈍く揺れる。そうとう快感を我慢しているようだ。

「まくり、またイッちゃえ」

まくりをイかせようと、貫太は指の腹でクリトリスに激しい振動を与える。

「はっ、はっ、はっ、あああぁ、クリトリスっ！　乳首とクリトリスっ、あああ、ああああ、あああああああ、ああああああああああああああああああン！！！！」

ビクビクビクビクと、まくりの躰が小刻みに、でも力強く震えた。

誰が見てもイッてしまったとわかる挙動。

パンツのない股間からは愛液が止まるところを知らずに溢れ出て、貫太のシーツなのにお構いなしに汚していった。

「はぁ、はぁ、イッちゃ……イッちゃった……イッちゃったよぉ……ンッ……まだ挿れてもらってないのに、二回もイッちゃった……」

熱で頬をピンク色に染めるまくりがとても可愛かった。

二回どころか、百回でも二百回でも、何回でもイかせてあげたくなる。

「もうやだぁ。貫太くんと繋がりたいよぉ……」

すっかり貫太のペースにハマってしまい、予定していた初めてのときの言葉を一切言えないまくり。

「ごめんなまくり。すぐに挿れたら痛いかなと思って、躰を蕩けさせてたんだ」

「貫太くん優しい……大好き。でももう大丈夫だよ」

「じゃあそろそろ、挿れるぞ」

貫太はズボンを脱ぎ、ペニスを露出した。まくりの痴態を見て、すでにギンギンに反り返っている。

「やった、貫太くんのおち×ちんだ。太くて硬い、貫太くんのおち×ちんだ。オナホちゃんたちをいっぱい犯してきたおち×ちん……ついに、ついにまくりのおま×こも犯してくれるんだね」

二回もイかされて、まくりの脳も蕩けてきている。いや、いつも通りかもしれないが。

「俺も、生のおま×こがまくりで嬉しいよ」

貫太はベッドに上り、まくりの上に覆いかぶさった。

「貫太くん、こないだ、一生懸命セックスしてたよね。あんなに腰を振って、あんなに気持ちよさそうで……」

まくりの家の前でしたことだと貫太は気づいた。

「あれより気持ちよくなってほしい……」

「もちろん。絶対なるよ。大好きなまくりに挿れるんだからな」

「でも、オナホが一番のほうが嬉しいナ……」

複雑な乙女心である。

「まくりはまくり、オナホはオナホだよ」

「そうか、わたしがオナホならいいんだ。わたしをオナホだと思って気持ちよくなってね」

等身大まくりオナホの誕生である。

「萎えるから変なこと言わない」

「ごめんなさい」

くすくすと笑い合う二人。

貫太はまくりの膣口を触り、濡れ具合を確認する。

「まだこんなに濡れてる。ローションなしで大丈夫だな」

「んっ。貫太くん、優しくしてね」

貫太は頷き、まくりに指を絡ませた。

応えるように、まくりが指を握ってくる。

「挿れるよ」

「あっ、そっちじゃないよ！」

まくりは慌ててペニスを握った。危うくもうひとつの穴に挿れられるところだった。

処女なのに、それは勘弁だ。

そして正しい穴のほうに誘導する。

「いけない、そこ洗ってないよ」

「え?」

「トイレのシャワーでアソコ、綺麗にしないと。おち×ちん汚れちゃう……」

「汚くなんかないよ」

貫太はグッと腰を前に出した。

ヌレヌレに濡れたまくりの膣口に、ちゅるっと亀頭の先が入ってしまう。

「にゃっ……!」

「先っぽ入ったぞ」

「やだ、おち×ちん入ってる……わたしのあそこに、貫太くんのおち×ちん入ってる……夢みたい!」

「まだ処女膜を破ってないよ。そしたらもっと入るからな」

ゆっくりゆっくり、貫太は腰を前に出していく。

「あぐっ……!」

「だ、大丈夫?」

処女膜の痛みは予想以上だった。内部から来る痛みは逃げようのない痛みに感じてしまう。

「ん……なんとか……くう……が、がまん……がまん……」

「一旦休もう」

「だめ、休んだらもっと怖くなっちゃう。だから貫太くん、キスして。いっぱいキスして安心させて。そしたら大丈夫だから」

貫太が深くキスをする。少しでもまくりの痛みを和らげたいと思った。

この痛みを越えなければ二人は変われない。オナニーしか快楽のない世界から抜け出せない。もっと多くの快楽を、二人で——

「んんんん〜〜〜〜〜〜〜〜〜〜〜っっっ！！！！」

ブチッと何かが切れた気がした。

同時に、縮んだバネのようになっていたペニスが、伸びてするすると奥に入っていく。

「ひぅっ、中に……んん、なにこれ、入ってくるるる……」

未知の感覚に、まくりは混乱した。お腹の中に、硬いものが入ってくる感覚。

そこは、今まで何も入ったことのない、ただ存在するだけの穏やかな場所であった。

男を知らないヒダヒダをかき分け、ペニスが中へ中へと入ってくるのがわかる。

気持ち悪かったがいやではなかった。むしろ、こうなるべきだと知らせるように、なんだかとても幸せな気持ちがこみ上げてきた。

「痛い？」

「ううん、幸せ。ここまでおち×ちん来てるの。おち×ちんが奥まで来て、初めてなのになんだかとっても幸せなの」

まくりは優しくお腹をさすってみせた。

「貫太くんは気持ちいい？」

「ああ、なんだかすごく、温かくて柔らかいものに包まれてるみたいで……気持ちよすぎる」

「オナホと違う？」

「全然違うよ。こんな感じ、味わったことない。もう射精しそうなんだけど」

「いつでも出していいからね」

カウパー液はきっとじゅるじゅる出ているだろう。しかし本射精はまだ我慢したいと貫太は思った。果てるときは、まくりと一緒がいいと思った。

「動いていいか？」

「うん、まだゆっくりね」

貫太はゆっくりと動き出す。膣壁がペニスによって擦られると、まくりの全身に電気が走った。

「ふぅ！　ひぃ！　はぁっ！」

つい強い声が出てしまう。

まくりは恥ずかしくて口を押さえた。

「まくり、いやらしい声聞かせて」

「恥ずかしいよ……ああっ、ちょっと激しいかも」

「まくりごめん。まくりの膣が気持ちよすぎて、止まらないんだ」

「あっ、だめっ、激しっ……んっ、んんんっ、あああ、死んじゃうよぉ」

まくりは刺激に耐えようと、シーツを摑んで強く握った。

まくりの感情とは裏腹に、ペニスに刺激を受けた膣からは愛液が絶え間なく溢れ出る。まくりと貫太の股間は、粘度のある愛液でぐちょぐちょだ。

「まくりっ、はぁはぁ、まくりのおま×こ気持ちいい！」

腰を振り、必死な顔の貫太を観て、まくりは母性本能が目覚めてきた。

もっともっとこの人を気持ちよくさせたいという想いが溢れてきた。

そのときから、だんだんと膣の中が気持ちよくなっていくのがわかった。

もっと奥を責められたい。もっと愛されたいと思って貫太を抱きしめる。

「貫太くん、気持ちよくなってきちゃった。もっと……もっとおち×ちん頂戴」

「奥まで突いていいか？」

「うん、奥まで欲しいの。貫太くんのおち×ちんでいっぱいにしてほしいの。あっ、あっ、はぁっ、おち×ちん気持ちいい。おま×この中、おち×ちんがいっぱい動いて……満たされてるの。んんっ、もっと満たして。おち×ちんでお腹の奥までもっと満たして！」

まくりは貫太を脚で抱えこんだ。抱きちゅきホールドと呼ばれるヤツだ。

するると、ペニスがさらに奥まで入ってきた。ついに亀頭の先が子宮の入り口を刺激するようになった。

「貫太くん、ああっ、おち×ちんの先っぽが奥にコッコツ当たってるの……んはっ、おち×ちんの先と、子宮の入り口がちゅっちゅってキスしてるよぉ……ちゅっちゅっ……ああんっ」

貫太は興奮し、全力疾走でムチャクチャに腰を振った。

激しい責めに、まくりは口が開きっぱなしになり、口の端からよだれがだらだらと垂れ始める。

「はっ、あっ、ああっ、んん、貫太くん、貫太くん、気持ちいいよ！　ああっ、おま×こ気持ちいい！　んっ、オナニーより、オナニーより何百倍も気持ちいいよ！　あああっ、おち×ちん気持ちいい!!」

貫太の顔が苦しそうになってきた。初めてなのに射精を必死に我慢してきたのだろう。まくりはそれがとても嬉しかった。

「んん、はぁっ、イキ、イキ……あっ……イキそうなの貫太くん？　ああ、わたしも……わたしも初めてなのに、おち×ちんでイっちゃいそうだよぉ！」

「まくり、ごめんもう出そうだ。もう我慢できないよ、おま×こ気持ちよすぎて！　あっ、出そう！」

「いいよ出して。ね、中に出して？　貫太くんの精液欲しいの……おま×この中、もっと満たされたいの。貫太くん、中で、中で出してお願い！」

「いいのか？　中で？　このまま出しちゃっていいのか？」

「お願い貫太くん、中で出して！　大丈夫だからお願い！　まくりのおま×この中で出して！　あっ、イクっ、イクっ、お願い、一緒に！　中で！」

「「あああああああああああああ!!」」

ビクンビクンッと絶頂でまくりの躰が震えた。オナニーでは味わったことのない絶頂。愛のある絶頂。まくりは目の前が真っ白になった。

同時に、膣に熱いものが入ってくるのを感じた。貫太の精液だ。貫太の精液が、まくりの膣の中にすごい勢いで、しかも大量に入ってくる。満たしてくる。愛液しかなかった膣の中に、もっと大量の精液が入り、ほとんど精液だらけになってしまった。

「はぁ、はぁ、はぁ……んくっ……はぁ、はぁ、はぁ……」

二人は折り重なって、荒く呼吸をしている。

全身に心地よい疲労感。そして幸福感が満ちていた。

「はぁ、はぁ、はぁ……しちゃったね、貫太くん」

「ああ、中出しまでしちゃった」

「初めてなのに、とっても気持ちよかった……ありがとう貫太くん」

「俺もだよ。ありがとう、まくり」

二人は唇を重ねた。

まくりは、オナニーのあとに毎回来る、切なくて仕方のない衝動が襲ってこないことに気づいた。これがセックスかと思った。なんて満たされるんだろうと感動した。

貫太がペニスを膣から抜こうとする。

「やだ、おち×ちん抜かないで」

まくりは、もっとこうしていたかった。このまま一生、繋がったままでもよかった。

「ごめん、これ見たくて」

太いつっかえ棒が抜け、どろり、と膣口から精液がこぼれ落ちた。

「やった！　おま×こから精液が溢れるところ、動画でバッチリ撮った！」

「ばかぁ……もうっ」

貫太の変態さに呆れつつも、この男性が初めてでよかったと、心の底から思うまくりであった。

# 第四章 オナホ禁止な恋人たち

その日、変化が起きた。

「あっ、あっ、気持ちいい……んっっ、イキそう、もっと、おち×ちんもっとぉ」

まくりは貫太の上で腰を激しく動かしていた。

あれから毎日、二人は会い、セックスをしまくった。

すべて生で。

一度だけコンドームをつけてしてみたことがあった。試供品でもらったからだ。しかし生に比べて全然気持ちよくなく、途中から外してヤッてしまった。まくりも、膣内を擦るゴムの感覚がイヤだと言ってご不満だった。

致した場所も様々だ。貫太の部屋で、神社の裏で、どこぞのトイレで、屋上で。変装してホテルにも入った。満員電車でしたいと言ったまくりの意見は保留中だ。

まくりはその好奇心と探究心、研究心で気持ちのいい体位を徹底的にネットで調べ、積極的に貫太を誘惑した。もう、オナホのことはどこへやらである。

「貫太くん、中で出してね？　ね？　このぐちょぐちょの、おま×この中で出してね？」

「ま、まだ、大丈夫だよ」

「わたし知ってるんだから。精子を作る玉、硬くなってるの。こうなったらすぐだもんね？」

ふふっと小悪魔のように笑うまくり。

「で、でもまくり、こんなにいつも中に出したら、もういいかげんできちゃうよ」

「いやんいやん！　中以外イヤなの。精子、中に欲しいの。貫太くんも中に出すほうが気持ちいいでしょ？」

貫太は同意するしかなかった。大好きな女の子の中に自分の性欲を注ぎこめるのだ。みんなが憧れる美少女の中に自分だけが出せるのだ。みんなが処女だと思っているアイドルの膣に自分の精液をぶちまけられるのだ。最高に決まってる。

「はぁ、あん、わたしももうだめ、イッちゃう！　まくりのおま×こに、おま×こオナホに生出ししてね？　ネ？　中で出してね？　中で、中でいっぱい出してね？　3、2、1……それっ！」

カウントに合わせ、貫太とまくりは絶頂を迎えた。

ドクンドクンとまくりの膣内に熱い白濁液が注ぎこまれた。

「んんっ、お腹いっぱい……やっぱり、中出し最高……」

ぱたんと、力尽きたまくりが倒れた。

ペニスが抜け、蜜口からどろりどろりと精液が溢れる。

セックスの後、力が抜けて倒れるまくりとは裏腹に、貫太は、今までオナニー後は動けなかったのがウソのように力がみなぎっていた。

すぐにでも第二ラウンドを開始したかったが、くてっとなったまくりを襲うのはなんだか気が引けていた。（先日無理矢理挿入したときは、半日ほど口をきいてくれなかった。刺激が強すぎて死ぬかと思ったそうだ）

そんなときはまくりに背を向け、こっそりとオナホを使って抜いていた。

これが結構気持ちよかった。やはり科学の生み出した産物だ。セックスでは味わえない快感を、ビシビシと脳の奥まで味わわせてくれた。

「なに……してるの？」

しまった、と貫太は思った。オナホのあまりの気持ちよさに、つい悶え転がってしまった。

振り向くと、まくりが真っ青な顔でこちらを観ていた。

「まくり、その、これはだな……」

「わたし……オナホに負けたの……」

「は？」

「うわーん、あんなに愛し合った直後に、オナホに寝取られたぁ！！！」

「わあっ、泣くなって！　っていうか、声大きいから！」

「ねぇ答えて。わたしのおま×こじゃ満足できなかった？　わたしヘタクソだった？」

「いや、にゅるにゅるしてて最高だった」

「オナホ、気持ちよかった？」

貫太は考える。あれだけオナホ好きだったまくりだ。本当のことを答えても大丈夫だろうと。

「うん、やっぱオナホは違うね！　異次元の気持ちよさだよ」

「い、異次元……」

貫太は、ハッとする。そこまで言う気はなかったのだ。

つい、ぽろっと出てしまった言葉は、往々にして本心が含まれているものだ。

貫太は思った。もしかしたら、自分は……

「大変だまくり、俺、おま×こよりオナホのほうがよくなってる！」

最初のインパクトが強すぎた。セックスよりも前に、女の子にオナホでイかされたのだ。それにこれだけヤリまくると、いいかげん生膣の感覚にも慣れてきてしまった。

「うわあああああああああああああああああん！」

「しー！　しー！　まくりちゃん、ね？　落ち着こう？　みんなに気づかれちゃうからね？」

「どうしました、お嬢様？　あ」

西奈央家・まくり付き筆頭メイドの静香が現れ、状況を確認した。

まくりを落ち着かせようと貫太はまくりの肩を抱いているが、両者真っ裸なので、ぱっと見、侵入者が裸の少女を襲ってるようにも見えた。

というか、静香も真っ裸である。

「ひっぐ……。ちょっと、なんで静香まで裸なのよ」

「なぜかと言いますと、ここは……」

西奈央家のお風呂場なのである。お風呂場というか、大浴場。マーライオンの口からお湯が出てるような、そんなお金持ちの大浴場。

まくりは自宅の警備システムを再びハッキングし、貫太を部屋に導いた。そして一回セックスをし、ベタベタな体を洗うため大浴場に来た。当然「洗ったばっかりなのにぃ」とか言いながらまたセックス。くてーっとしてきたので、じゃあお風呂にゆっくり浸かろうという流れになり、「えへへ一緒だね」とまくりが貫太の体にひっついて甘えてるうちに、（主にまくりが）ムラムラ来て、再びセックスしたときのクライマックスが冒頭の会話である。

「どんだけセックスしてるのよ」

「「まくりが言うな！」」

貫太と静香が同時にツッコミを入れた。

「静香、ご主人様を呼び捨てとはいい度胸ね」

「申し訳ございません。ここは私もツッコミが必要かと。あらやだ、お嬢様に突っこんでいたのは貫太さんでしたね。てへぺろ☆」

何か？　西奈央家はエロくなる電波でも出てるのか？　貫太は頭を抱える。

「なんで静香が貫太くんのこと知ってるの？」

「ほら、先日まくりの学園の前で会ったって言ったじゃん」

「だから、なんで認識してるのよ。思い出した。静香、盗聴してたわね？」

「はて、なんのことやら」

「わたしと貫太くんのオナニー祭りも知っていたのね」

えっ⁈　と貫太が静香を見た。静香もおっぱいが大きく、ツンと乳首が天を向いていた。

「だひゃぁ！　貫太くん見ちゃダメ‼」

慌てて静香の胸と股間を手で隠すまくり。

「大丈夫ですお嬢様。貫太さんのオニンニンは反応してません」

「あいつ、射精したバッカだから萎えてるだけよ！」

「あの、女の子同士ですごい会話するのやめてもらえません？」

「貫太さん、このタオルでお隠しを。そろそろ目の毒です。私も処女なんですから。あ、写真は撮りました。４Ｋで」

「撮るなよ！」

「わぁっ、静香、動かないで。手から溢れちゃうから！」

ちょっと気を抜くと、Ｇカップの静香のえっちな乳首とか乳輪とかが、まくりの手から零れて顔を出してしまう。というか、乳輪はさっきからチラチラ見えていた。

とりあえず貫太とまくりはタオルを体に巻いた。これで落ち着いて話ができそうだ。

「静香さんもタオル！」

「私は常にノーガード」

ドヤ顔で言ってみたものの、まくりに怒られ、静香はしぶしぶタオルを巻いた。腰に。

「ぷるんぷるん」

そしてまだ隠していない両乳房を下から掴み、ぷるぷるぷるぷるぷると揺らす。

「胸も隠す！　貫太くんも勃起しない！」

「勃起……してる！」

いつの間にか勃起していた貫太を見て、ニヤリと笑う静香。

(あの人、自慢のボディを見せつけたいだけだな)

そんなふうに貫太は思った。

「それでお嬢様、なにゆえに叫ばれていたので？　ついにアナルプレイをしたものの、切れて痔になってしまったとか」

「ヒドイのよ聞いて。貫太くんたら、わたしよりオナホのほうが気持ちいいっていうの。このままじゃわたしより先にオナホに赤ちゃんできちゃうわ？　あとアナルはまだよ」

「毎日生ハメしてたから飽きられたのかもしれませんね。オナホは多種、お嬢様は一種ですから。アナルはまだですか」

「うう、どうしよう静香。何かアイデアはないの？　アナルはまだ」

「処女マ×コの私には助言はできませんが、しばらくセックスレスで付き合ってみては。またはアナル」

うーん、と考えるまくり。アナルプレイ……魅力的ではある。しかし……。

ちなみに貫太は、とりあえず傍観に徹しようと、自分はイスだと念じて黙っている。

「やっぱいや！」

「なぜに？　ここは彼氏にお任せでしょう」

「だってだって、お尻ってその、物を……おち×ちんを入れるところじゃなくて、ナニカを出すところだし……」

「ナニを尻ごみしてるんですか。あらアナルだけに？」

「もしも、もしもよ？　おち×ちんを入れたとき、その、乙女らしからぬナニカが、その穴についていたら、わたし貫太くんに嫌われて、一生お嫁に行けなくなっちゃう～～!!」

お食事中の方、ごめんなさい。

「大丈夫ですお嬢様。貫太さんならそれでも舐め取ってくれます」

「俺、そっちの趣味はないから！」

「おトイレで洗ってくるぅ～」

亡霊のようにこの場から去ろうとするまくり。

「大丈夫ですお嬢様。ここはお風呂場。私が綺麗に洗って差し上げます」

「そ、そう？　じゃあお願い」

まくりは大胆にも、大理石の上で四つん這いになった。

まくりは子供の頃は静香に体を洗ってもらっていたが、下半身はいつもこうして洗ってもらっていた。久々の体験だ。

静香が後ろから双丘を開くと、綺麗な菊の門が現れた。

「お嬢様、お綺麗です」

「あのね、あまり見なくていいから、綺麗にお願いね」

静香は返事をし、まずは人差し指で、その小さなヒダヒダを優しく撫でていく。

「ひゃっ！　あ……あうっ……んっ……はぁっ」

「気持ちいいですか？　お嬢様」

「んっ……今日はなんか……変な感じ……おま×こを触られるみたいで……ふぐっ……くすぐったいっていうか……」

風呂場で何度も絶頂を迎えたまくりは、もうすでに体はできあがっていた。

静香のちょっとした刺激にも、体が敏感に反応してしまう。あと少し強い刺激を与えられたら、再び絶頂に達してしまうだろう。

まくりは快感を拡散させて耐えようとしたが、ここはベッドではない。握るためのシーツはなく、まくりの手は宙をさまよった。

「ねぇ静香……目的間違ってない？　んっ、綺麗にするだけでいいんだから……ね？

えっちなこと、しなくていいんだから……ね？」

「そうでした。お嬢様の綺麗で瑞々しい臀部を見ていたら、つい、違う方向にスイッチが入ってしまいました。でも、もう止まりません」

「ふぇ？」

まくりはいやな予感がした。

「綺麗に拭き取らせて頂きます」

言うが早いか、まくりはアナルに何か柔らかい物が当たるのを感じた。

振り返ると、静香が舌を出し、まくりのアナルをぺろぺろと舐めていた。

「し、し、し、し、し、し、し、し、静香!?　ななな、なにを!?」

「れろ、ぺろ、んっ……お嬢様の可愛いお尻の穴を……舌で綺麗に……しています。れろれろ……んちゅ……れろれろ……くちゅ……」

まくりは、アナルを舌で舐められたのは初めてだ。初めての刺激に躰が激しく反応する。

「ややや、やめて！　だめだめ、そんなの望んでな……ひぅっ！　舌、舌、中に今ちょっと入ったから！」

「れろれろ、んちゅ……ん、おいしいです、お嬢様……くちゅくちゅ……ちゅるくちゅ……」

「し、し、静香、その辺でもういいから……ね？　あんっ、も、もういいから」

「ぶぢゅうううううううううううううう」

「吸っちゃらめぇぇぇぇぇぇぇぇぇぇぇ!!」

あまりの恥ずかしさにまくりは臀部に力が入り、アナルがキュっと狭まった。同時に、秘部からは蜜がどろりと溢れ出す。

こんな官能的なものを見せられ、貫太はフル勃起状態だ。

もうじっとはしていられなかった。貫太もまくりのアナルを舐めたくなった。

「ね、静香、もう大丈夫だから、ね？　ああっ、このままじゃ私、イッちゃうから、そろそろやめて……もう許して……」

「そうですね。では一人でするのはやめます」

「は？　ひ？　ふう!?」

急にアナルに二つの舌を感じた。二つの舌が、好き勝手にアナルを責めている。

「か、貫太くん!?　あなたまで何を……あっ、おおっ、いやっ、肛門をそんな二人でっ、はぅっ、舌が、ああんっ、舌が二つも……あっ、あっ、いやいやっ、恥ずかしいのに、気持ちいいっっっ！」

女の子だけでなく、好きな男の子まで自分の汚い場所を熱心に舐めている。まくりは心臓が爆発しそうだった。

二人は一心不乱に、唾液をまとった熱い舌で、汚い物が出る場所を舐めてくれている。それが激しく恥ずかしく、でも最高に気持ちいい。

まくりはのぼせて、これが夢か現実かわからなくなった。夢なら痴態を見せてもいいやと思い、まくりは脚を大きく拡げ、『もっとして』とお尻を突き出した。

そして自らお尻の肉を左右に拡げ、二人が舐めやすくしてあげる。

静香と貫太はそれに応えるように、大きくいやらしく、さらに激しくアナルを責めていった。

まくりのアナルは、快感で緩んだりすぼまったり、まるで息をしているかのように動く。

「んんんん……ああああっ……お尻、気持ちいい……気持ちいいよぉ……」

まくりのアナルが、乙女とは思えないほどはしたなく大きく口を開いた。

二人は同時に舌を侵入させ、唾液を押しこみながらその中をくちゅくちゅと舐めていく。じっくり優しく粘着質に。二人の舌がアナルの中で溶け合い、そして二人の唾液もアナルの中で溶け合う。ぐちゅぐちゅぐちゅぐちゅと、アナルの中で淫靡な音を立てていた。

「恥ずかしいよぉ……恥ずかしい……んんっ、お尻なのに、そんな音……あっ、アナルからそんな音、してるなんて……あふっ、恥ずかしい……」

そう言いながらも、まくりはお尻を突き出すのをやめなかった。やめたくなかった。

それがわかっている二人は、さらに深く、さらに激しく、愛を持ってアナルを責めていった。

「あっ、そんな奥まで……いやっ、激しい……んっ、ああっ、もうイキそ……お願い、もうやめて、ね？　このままじゃ、お尻でイッちゃう……二人に舐められてイッちゃう……そんなの恥ずかしすぎていやっ……んっ許して？　お願い、ね？」

アナルをじゅぽじゅぽ舐める淫靡な音が、大浴場に響き渡る。

二人はまくりをイカせたくて仕方なかった。だから、さらに激しくアナルの奥を舌で犯す。

「はっ、はあっ、ばかっ、そんな汚いところ、そんな奥まで……ああっ、あああ、気持ちいい！　気持ちいいよぉ！　深いお尻の穴、二人にぢゅぽぢゅぽされて、ああ、あああああん！　イクっ、イクぅっ、あっ、アナルでイッちゃう！」

まくりはオナニストの最後の意地とばかりに、自分でもアナルを弄りだした。

二人の舌の間に唾液のついた中指を滑りこませ、アナルの中をぐぢゅぐぢゅと擦っていく。

「あっ、あっ、アナル気持ちいい、アナル気持ちいいい！　あっ、んっ、みんなでじゅぽじゅぽ、まくりのアナルを気持ちよくしてるの、まくりのアナル大きく拡がって、ああっ、ああっ、アナルいくっ、アナルいくっ、アナルいくうううううううううううううううううううっ!!」

まくりの躰がびくんびくんっと三度跳ねた。

同時に、じょぼじょぼじょぼと黄色いおしっこが出てしまった。

「やあっ、おしっこ……おしっこ見ないで！　やあああああ！」

まくりは慌てて股間を隠した。

しかし、おしっこは急には止まってはくれない。

「なんで？　なんで止まってくれないのぉ？」

イッてしまい、腰に力が入らないのだ。だから同様に、愛液もだらだらと蜜口から溢れ出ている。もちろん、さっき中出しした精液を含んだ愛液だ。

「貫太さん、今です」

静香が貫太に、なにやら指示を出した。

まくりはいやな予感がしたが、力が抜けてどうすることもできない。

「まくり、挿れるからな」

「え？　ええ？　うそ、挿れちゃうの？」

くてーっとなっているまくりの後ろに貫太は陣取り、緩く閉まった小さな菊門にペニスを押し当てた。

そしてゆっくり、だけど力強く、ペニスを侵入させていく。

「あっ、あっ、お尻に硬いのが……あっ、うそっ、なにこれ、入ってくる、あぐぅぅうぅうっ」

いつもは出ていくところに、逆に入ってくる感覚。その逆さまな感覚に、まくりは混乱して目をぐるぐるさせた。

膣に肉棒が入ってくるのとはまったく違う感覚。本来腸は、何かを挿れるためには作られていない。そこに無理矢理入ってくるのだ。躰が「それはダメ」と言ってるような、お腹の痛みと、脂汗が出てくるような気持ち悪さがあった。

だが、あれだけアナルでイかされた躰である。もっと挿れて欲しいという欲求も大きく湧いている。その陰と陽の感覚に、まくりは溶けてしまいそうだった。

「あ、あんまり深く……んぐ、挿れちゃいやよ？　乙女らしからぬナニカがおち×ちんにくっついちゃイヤだからね？」

「やだ、締まりがキツくて気持ちいいんだ……もっと奥、奥を知りたい！」

そう言って、貫太はペニスを動かし始めた。

「はうっ、あっ、あっ、動いちゃ、あっ、だめっ、んくっ、ふあっ、ひううっ」

後にしてまくりは語る。「処女膣を犯されたときよりつらかった」と。

そのくらいの激しく言語化できない感覚が、まくりのお尻を襲った。

「ふぁ、んん、んるっ、ぐふっ、あっ、あっ、激し……激しいよぉ！」

そんなときでも、まくりが考えていたのは、貫太のペニスが汚れてしまったらどうしようだった。

そんなの気にするなといわんばかりに、貫太は深く深く、未知の領域を探索していく。

恥ずかしがるまくりが可愛かった。膣を犯すときは女として恥ずかしがっている。だが今は、もっと本質的な、人間としての恥ずかしさを溢れ出している。それがとても快感だった。

そもそも、美少女のまくりには、本当に汚い場所なんかどこにもないのだ。

「ふぁっ、あっ、んあ、はぅ、んっん〜〜〜〜〜〜〜〜〜〜〜〜〜〜〜〜〜〜〜〜〜〜〜〜〜」

まくりは顔を大理石の床に押しつけ、この異様な感覚に耐えていた。

口をぎゅっと閉め、頬が紅潮している。

だがまくりは知っている。もうすぐ来ると。快感が襲ってくると。

目をつむると、貫太の荒い息が聞こえてくる。

自分のアナルでペニスをしごき、気持ちよくなっている、大好きな男の子の息づかい。

それがとても嬉しくて、愛しくて、幸せだった。もっともっと犯して欲しかった。

（あ、きた……）

今まであった苦しさが、一気に反転した。リバーシの盤面が一気に自分色に変わるように、全身の苦痛が快感へと変わっていった。

「はっ、あっ、んくっ、貫太くん、貫太くん、気持ちいいの……アナル、おち×ちんで気持ちいいよぉ」

まくりのいやらしい声を聞き、貫太はさらに腰を動かした。

「あっ、あぐっ、深い……あっ、おま×ことは違う場所に深いの！　あっ、あっ、わたし、貫太くんに、どっちの穴も知られちゃったよぉ……！」

「まくり！　俺、どっちの穴も愛してる！」

「あっ、あっ、嬉しいっ、あっ、気持ちいい、気持ちいいよぉ、はぁ、貫太くん、中に出して！　そのままお尻の中に、精液出して！」

「いいのか？　お尻じゃ赤ちゃんできないぞ？」

「いいの、いいの！　わたしの穴の中は、みんな貫太くんの精液まみれにしたいの！征服して、わたしの穴という穴、全部精液で征服して！」

「まくりぃぃぃ！」

腰が高速グラインドし、貫太がフィニッシュの準備に入る。

精液の予感に、まくりは犯されていないはずの子宮が熱くなってきた。

「出してっ、出してっ、お尻で出してっ！　わたしのお尻の奥に、いっぱい精液出してっ！　わたしのお腹が精液でいっぱいになるまで、たぷんたぷんになるまで、いっぱい出してね！　全部出してね！　あっあっ、来る、来る、来ちゃう、ああああああああああああああああああああああああああああああああ！」

貫太が腰を強く突いた瞬間、暴発するように精液が飛び出した。

精液はまくりのお尻の奥深くに押し出される。いっぱいいっぱい、本来精液を出す場所ではない穴の奥に、放出された。

「うぐっ……」

まくりはその感覚に、まるで精液が腸から胃に入り、口まで来たような錯覚を覚えた。

全身が貫太の精液で満たされたような、溺れるような感覚だった。

まくりは気づいた。自分が中出しされるのが好きなのは、赤ちゃんを孕みたいという気持ちだけではなかった。貫太の精液で体内を満たし、溺れたかったのだ。

「はぁ……はぁ……はぁ……貫太くんに、征服されちゃった……」

まくりは蕩けた顔で嬉しそうに微笑んだ。

湯船に隠れて二人の様子を盗み見ていた静香が近づく。一応彼女なりに気を遣っていたらしい。

「お嬢様、ちょっと失礼します」

そう言うと、まくりの肛門をまだ挿入したままのペニスごと指で押さえた。

そして、貫太のお腹を押し、強制的にペニスを抜かせた。肛門は指で押さえたままなので精液はまだ垂れていない。

「あなた、なにがしたいの？」

「乙女らしからぬ音を聞かせようかと」

「？　……はっ、まさか！　やめて！」

静香は指を離した。同時に大変なことが起きる。

《ぶぶぶぶぶぶーーーーーーっ》

「ひゃあああああああっ‼」

あれだけ激しくペニスを出し入れしていたのだ。腸に空気がいっぱい入って当然である。おまけに、焦ってまくりはお腹に力を入れてしまった。結果、乙女らしからぬ音が大浴場に響き渡る。

「もういやあああああああっ！」

《ぶぶぶぶぶぶーーーーーーーっ》

「やりましたね、お嬢様」

たんこぶをズキズキ言わせながら、いつも通りの口調で静香が言う。この辺の冷静さはメイドの鑑《かがみ》だ。

「ううん、だめよ。見て」

まくりは貫太のペニスをびしっと指す。

「まだ半勃ちしてる。まだ全然足りないって顔してる」

確かに、まだ物足りなさそうである。まだ何か刺激を求めて準備しているようにも見えた。生の女のヒダヒダではなく、もっと科学的な何かを。

「き、気のせいだよ」

そう言って、サッと股間を隠す貫太。

しかし、忍者のような速さでまくりが距離を詰め、湯船に浮いていたオナホをペニスに突き刺した。

「おおう！　おう！　おおおおおう！」
二、三回しごいただけで貫太は射精してしまう。
「うそでしょ……」

「こ、これはその……」

「完全にオナホに負けてますね、お嬢様」

「ぐぬぬ」

爆発しそうな感情を、少しヒリヒリするアナルへの愛撫でグッとこらえるまくり。

心が落ち着いてきた。

「別に怒らないから安心して。だってオナホのパワーは強烈だもの。ダークパワーだもの。生身の女では立ち向かえない。それはわかってる。……んだけど、納得いかなあああああああああい!!」

「困りましたね。オナホ、全部焼いておきます？　お嬢様の留守の間」

「しまった！　忘れてた！」

「え？　留守って？」

「ごめんね、貫太くん。急に決まったんだけど、わたし、町内アイドルの全国フェスティバルに選ばれてて、一週間ほどフランスに行かなきゃ行けないの」

「なんでフランス!?」

「アニメのイベントと一緒に何かやるみたい。お任せしてるから詳しく聞いてなかったけど」

親に連れられ、しょっちゅう海外旅行をしているまくりである。海外なんて、『ちょっとそこらを散歩する』くらいの感覚でしかないのだ。

「一週間かぁ。結構長いな」

「はぁ……貫太くんがオナホを孕ませてないか心配だわ？」

「ウエイト。物理的にムリだからな？　あんびりばぼーだ」

つい英語が混じる貫太。フランスは英語じゃないのだが。

「でもでも、帰ってきたら『もうおまえのま×こなんか必要ない。俺にはこれがある』とか言って目の前でオナホとセックスされたら、わたし、もう立ち直れないよ？……録画はするけど」

「すんのかよ！」

やれやれと、貫太は暴走してるまくりの肩を優しく抱いた。そして諭すように、耳元でつぶやく。

「俺が中出ししたいのはまくりだけだよ」

カーッと、まくりの顔が赤くなった。

「嬉しい♥　やだ、子宮が反応しちゃう」

まくりが『んーっ』と唇を突き出し、二人は濃厚な口づけを交わす。

傍観者の静香は、いいなと心の中でつぶやき、太ももを擦り合わせた。別に貫太に興味があるわけではないが、お嬢様にこれだけ愛されている男性なら、自分もされてみたいと思ってしまうのだ。

まくりは、ゆっくりと貫太の胸を押して離れさせた。

「だけどね、信じたいけど信じられない乙女心……」

愛されれば愛されるほど、不安が渦巻いていく。

「お嬢様、貫太さんを拉致って一緒に連れていきましょう」

「拉致るな！　いや、俺だって行きたいけどさ。うん、そうしようかな」

「だめ。貫太くんは学校に行って、しっかり勉強するの。それが今必要なこと」

貫太は「おおっ」と感動した。自分のわがままより、相手のことを考え、優先した。

まくりは強く、しっかりした女の子だ。まくりのような子を彼女に持てて、貫太は本当に嬉しかった。誇らしかった。

「だって男の人は射精するたびにバカになっていくんだから、今のうちにちゃんと勉強しておかなきゃ！」

ばしゃーんっと貫太はハデに湯船にひっくり返った。ぬるま湯の中で「感激を返せ」と心に思う。

「うーん……」

貫太が起き上がると、指をあごにつけ、まくりは何か考えていた。

（くるぞ、ろくでもないこと）と貫太は直感した。もちろん、静香もだ。

「そうだ！　静香、あなた貫太くんの家に常駐して、オナニーしないか見張ってちょうだい」

「わかりました」

「なんじゃそりゃ！　って、わかったんかい！　つか、俺オナニー禁止かよ！」

「禁止！」

「まくりを思ってシても？」

まくりは一瞬、えへっと顔が緩んだが、

「禁止です！」

瓦解しなかった。

「しかしお嬢様、それだと向こうでお嬢様のお世話をする者が」

「一週間くらいなんとかなるわよ。むしろ、自分のことより貫太くんのほうが心配よ」

「あの、まくりさん、心配しすぎなんじゃ？」

「いい、静香？　貫太くんがオナホを手に取ろうとしたら体を張って止めるのよ？　でも貫太くんは一日オナニーしないだけでイライラしてきて、きっと婦女暴行、最悪幼女誘拐までイッてしまうわ？　だからそうなる前に、そう、あなたがヌいてあげて」

「こらこらこらこらー！」

「いいのですか？　私、一応処女ですが……じゅる」

「静香さんも！　嬉しそうな顔しない！　ってか、ヨダレ拭け！」

「三回までなら許します。そうね、くっ、仕方ない、中出しも一回だけなら許すわ？　くすん」

「泣くなら許すなよ！」

「承知、あんっ、致しました。致しまぁす、あふっ」

「許すな！　あと股間弄らない！　悶えない！」

「貫太くん、わたしもつらいの。でも、あなたがオナホに夢中になったら、お互い不幸になってしまう。だからお願い、耐えて」

大変なことになってしまった。

まくりも、以前はオナホオナホ言ってたのに随分変わったものである。オナホを偉大に思う気持ちは変わらないが、女の意地で、オナホには負けたくないのだ。

「じゃあ貫太くん、しばしのお別れエッチしよう？」

「ま、またするの!?」

「オナニーしなくて済むように、全部搾り取ってあげる♥」

この日、もう精液が一滴も出ないガス欠状態を初めて体験した貫太であった。

◇

まくりは旅立った。

そして貫太の部屋には静香がいた。

「じーっ」

「いや、大丈夫だから。オナニーしないから。つか、これから学校だし」

静香は泊まりこみで貫太の家にいた。寝るときは押し入れで寝ていた。

貫太の両親も、よく働く静香に感心し、特に何も言うことはなかった。さすがO型夫婦だと貫太は思った。

「記録では、登校前にシたこともあるそうですが」

「ぎゃー！　なんで知ってる⁉」

「メイドですから」

「オナホが恋しかったんだよ。あ、今の、まくりには内緒な」

「減点一兆」

「多いな減点の数！　つか、いつから俺のこと監視してたんだ？　まさか昔から？」

「監視なんて人聞きの悪い。趣味です」

「なお悪いわ！」

「お嬢様にヘンな虫がつかないように、常に接触してくる人物をチェックしてたんです。そうしたら、特上級の要注意人物である貫太さんと出会ってしまい、さあ大変」

「まくりの両親も知ってるのか？」

「さてどうでしょう。私、お嬢様のオナニーの原点が貴方であることを承知しております」

「それはスマン」

「知っていましたか？　お嬢様、昔から貫太さんのこと好きだったんですよ」

「信じられないけど……本当だったのか」

「ですから私は、この再会を見守ろうと心に決めているのです。私も大好きですから、お嬢様のこと」

　穏やかな顔で微笑むメイド。貫太は少し、この子と仲良くなれる気がした。

「ありがとう静香さん」

「ひとつ、お聞きしてもいいですか？」

「ああ、なんでも聞いてくれ」

「気持ちよかったですか？　朝オナホ」

「なんでその話に戻っちゃった!?　今、いい話してたよね!?　いいよ、答えるよ！　これから学校なのにオナニーしてるという背徳感がたまらなかったよ！」

ぶっちゃけこのメイド、年齢不詳だが処女をこじらせ、エロいことにしか興味がないのだ。メイドは主人に似るものだ。

「んー、話だけだとどのくらい気持ちいいのかわかりませんね。実践してみましょうか」

「しないから！　ほら、もう行かないと」

「そうですか。それは賢明です」

静香を背に、ガサゴソと鞄に教科書を詰める貫太。

「でも遠慮はいらないんですよ？」

そう言って、貫太の手を取り、自分の胸の膨らみに押し当てる静香。

「あ……」

まくりよりも大きな胸。メイド服の上からとはいえ、その柔らかさは手に伝わってくる。温かな体温まで伝わってきた。

そしてなぜか、ふぁさっとズボンが落ちた。

「勃起、してますよ」

「わぁっ、間違い、間違いだからっ！」

ナニが間違いなのかよくわからないが、貫太は慌ててズボンを上げ、部屋から出ていこうとする。勃起してるのでうまく走れないのだが。

「じゃあ行ってくる！　留守番よろしく。あ、部屋を色々探さないように！」

「ご心配なく。私も同伴しますから」

「……は!?」

今日は午後から雷雨らしい。

◇

余談だが、この日、学校に新たな伝説が生まれた。


ざわざわざわ……。

貫太の教室はザワついていた。

なぜなら、教室の床に静香が仰向けに倒れているからである。スカートが少しまくれ上がり、綺麗な脚が覗いていた。男子も女子もメイドさんの魅惑に勝てず、興奮気味にそれを眺めていた。所詮この年頃は、エロいことしか頭にないのだ。

事の経緯はこうだ。静香はいやがる貫太と共に登校し、授業まで受けていた。その噂はあっという間に学校中に広がった。

一限終わりの休み時間、なぜか未だに存在する『番長』グループが品定めにやって来た。番長はメイド喫茶に通うほど、メイドさんが大好きなのだ。

メイドと言ったらエロの代名詞である。しかし番長はお店のメイドとはセックスできないことを知り、日常生活にメイドを求めるようになっていた。だから、やっと出会ったメイドに気持ちが暴走し、力尽くで静香を床にひっくり返してしまったのだ。女の子を投げ飛ばすなんて酷いヤツである。まぁ、静香は見事に受け身を取ったので、気絶もせず平気そうな顔をしているが。

ちなみに、止めに入った貫太は子分どもに羽交い締めにされていた。

「へへへ。いい格好だなメイドさんよ。俺様にもイイ思いさせろや」

静香の格好を見て、ニタアっと番長が笑う。

番長はズボンに手をかけた。今から犯してやるというポーズをした。メイドのビビる顔を観て楽しもうと思ったのだ。しかし静香はため息をつき、意外な行動に出た。

「仕方ないですね」

と、スカートを自らゆっくり捲り上げていったのだ。

まさかの展開に、童貞の番長は勃起してしまった。子分たちもいわずもがなだ。

静香の白く肉付きのいい太ももがだんだん露わになっていく。

クラスの男子たち、そして女子たちまでもが釘付けになった。唯一、花子さんは太郎くんと付き合っているので、太郎くんの目を塞いでいた。

「静香さん、やめ……んんー！　んんー!!」

黙ってろと言わんばかりに、クラスメイトの男女数名が貫太の口を塞ぐ。『止めるのは今じゃない』クラス委員長の満子の目が、性欲に濁ってそう語っていた。

静香は太ももが半分見えるくらいの位置で、一旦捲るのを止めた。あと少しでパンツのクロッチが見えそうな位置だ。

そして、太もものベルトにくくりつけられた拳銃……ではなく、何かのスイッチを押した。

貫太は最初ローターかと思った。小さくモーター音が響いていたからだ。

犯されるくらいならオナニーを見せてお茶を濁そうという作戦かと思った。

しかしその音はだんだん大きくなり、なんだか近づいてくるような感じだった。

（まさかこの音はローターじゃなくて……）

廊下から悲鳴が聞こえ、何かが教室へと迫ってくる。

そして騒音をまき散らし、何かが教室に突入してきた。

「おやびん！　あれあれ！」

子分に言われ、うざいなぁと思いながら番長が振り向く。するとそこには……

「ドローン!?」

赤と青の二機のドローンが、番長を威嚇するように空中で揺れていた。静香の『レッダー』と『ブルーバー』だ。

機体の上下には、砲塔のようなものがついていて番長を狙っている。

（まさかな）

番長がそう思った瞬間、先頭の機体からＢＢ弾が勢いよく発射された。エアガンをちょっと改造しちゃったくらいの威力（静香談）であるが、かなり痛い。

「痛っ！　なんだこりゃ！　痛っ！　誰だこんなことしやがるのは！　痛っ！　おい、痣になって……痛えってばよっ！」

弾の射出間隔がどんどん短くなり、マシンガン並みになってくる。そうなると、さすがの番長も逃げ出すしかなかった。

「ちくしょう！　覚えてろよ！」

泣きそうになりながらお約束のセリフを吐き、教室を慌てて出ていった。子分たちが「おやび〜ん！」とか言いながら追いかけていく。

一瞬の静寂の後、上がる歓声。なんだかわからないが、カッコイイ機体が番長を撃退した。その事実だけでみんなテンションが上がった。

「お怪我はありませんか？」

静香が貫太に聞いた。

「ありがとう、大丈夫。このドローンってこの前の……」

「はい。オートコントロールで悪人を蹴散らす、私のオプションです（ドヤァ）」

このドヤ顔は、許せるドヤ顔だった。

いや、マジで西奈央家スゲー。

ドローンメイドスゲー。

「静香さんすごすぎ……あれ？」

ドローンメイドはせっせと床に散らばったＢＢ弾を拾っていた。

◇

「ほんと、静香ちゃんがいると助かるわぁ」

夕食後、テキパキと食器を片付ける静香に、貫太の母（えり子・医療関係勤務）が感動して言った。

「うちの男どもったら、ホントなーんにもしないんだから」

じろりと見られ、貫太の父が新聞で視界バリアを作った。

「えーっと、宿題溜まってるんだったたっ」

貫太はリビングを出ていこうとする。

「静香ちゃんみたいな子が貫太のお嫁さんならいいのにねぇ」

「貫太さんにはまくりお嬢様がいますから」

「え？　貫太ってまくりちゃんと付き合ってるの？」

「母さん、だから昨日そう説明したろ？」

「母さん昨日はお金に目がくらんで、なんも聞いてなかったよ」

まくりは昨日貫太の家に挨拶に来て、静香の滞在費として十分なお金を置いていった。貫太はお金を断ったが、この母が「余ったらお返ししますから。おほほほ」とか言いながら受け取ったのだ。不満顔の貫太に、「お金持ちはプライドがあるから預かるだけよ」と囁いた。後から本当に返すつもりらしいが……うーん、どうだろうか。

そう言えば子供の頃、貫太がもらったお年玉を回収し、「将来のためにお母さんが貯金しておくね」とか言って預かったままになってる気がする。

「じゃあ、愛人とかどう？」

「こら！　静香さん、こっち来て」

ここに置いておくとヤバいと思った貫太は、静香の手を引いて部屋に向かった。

「あ、母さんしばらくお前の部屋近づかないから、ごゆっくり～」

背中から母の意味不明な言葉が投げかけられた。

しないっつーの！　と貫太は心の中で応えてやった。

「あの、貫太さん、ちょっと痛いです」

「え?」

静香の視線の先を見ると、静香の手首をしっかり握っていたことに気づいた。

「あっ、ごめん」

「いえ、昼、ちょっとヒネったもので」

「あ、受け身取ったときか?　病院行かなきゃ」

「大丈夫です。そこまではないので」

「腫れるようだったら、明日一緒に病院に行こう。連れていくから」

「ふふっ」

突然静香が笑ったので、貫太はきょとんとなった。

「貫太さんって、優しいんですね」

そう言って、静香はさっさと貫太の部屋に入っていった。

貫太はちょっとくすぐったい気持ちになった。そしたら、

「貫太くん、なんでニヤケてるの。ちょっと説明してくれる?」

部屋に入った瞬間、まくりが話しかけてきた。

「え?　まくり!?」

それはタブレットのモニタだった。どうやら、静香のデバイスに電話が来たらしい。

「お嬢様、大変です。貫太さんの愛人になるようにお母様に勧められました」

『なんですってー！』

「なんでソレ言っちゃうかな⁉」

怖ぇ。女の子同士の情報交換怖ぇ。なんでも筒抜けだよ！

「あと、強引に手を引かれました。そして優しくされました」

『貫太くん何したの⁉　静香の体はいいけど、心を誘惑するのやめてくれるかな⁉　わたし泣くからね？　わーん！』

「泣いてるじゃん！　って、なんか誤解があるぞ！　あと体もよくないからな！　あもう、ツッコミどころいっぱいだなぁ！」

『え？　アソコとお尻以外、どこに突っこむって言うの⁉　え？』

「お嬢様どうしましょう。貫太さん、すっごく溜まってるんだそうです」

『たった一日で⁉　昨日あんなにしたのに⁉』

「宿題が」

ずざーっと、まくりが画面の向こうでずっこけた。

『し〜ず〜か〜』

「お嬢様がいつも通りで、私、安心しました」

まくりと静香の間には絶対的な主従関係があるわけではなく、こうして変なイタズラをし合ってお互い楽しんでいた。なんとも仲のいい二人である。

『ま、二人が仲良さそうで、嬉しいやらさみしいやらだわ』

貫太は黙っていた。というか、それどころではなかった。

さっきから静香が貫太の手を握っているのだ。

カメラの角度的に、腰にある手までは映っていない。が、何かあって角度が変わったらと思うと、気が気ではなかった。

静香の顔を見ると、

(にや)

とだけ笑って見せた。

そしてなんと、貫太の手をスカートの中へと導いていった。

(おいおいおいー!)

貫太は抵抗しようとしたが、静香の力は予想以上に強く、抵抗できなかった。

そして、静香は貫太の手を、パンツ越しに擦りつけていく。ゆっくり、ゆっくり、アソコの匂いを手に移すように、強く押しつけていく。

静香のソコは、熱を帯びていた。

そして、だんだんと湿り気が増していくのがわかった。

処女のアソコが、貫太の手に反応して濡れてきているのだ。

『でね、庭のベンチなんだけど……ん?　ちょっと静香、聞いてるの?』

「は、はい。聞いてます……んっ」

まくりは家の庭の改造計画について夢中で語っていた。向こうでちょうどいい芸術品をたくさん見つけたらしい。

「んっ、いいですね……はぁ……あっ……」

静香はバレない程度に喘いでいる。その間も、貫太の手で感じていた。ぐしゅ、ぐしゅと、擦りつける手に力が入っていく。

静香の頬は上気していたが、カメラの色調を補整し、まくりに気づかれないように細工していた。静香としてはいつものまくりへのイタズラのつもりだろうが、貫太は気が気ではない。

『えーっと、確か写真が……あっちか、ちょっと待ってて』

まくりが席を外した瞬間、静香がカメラを見ながら、スカートの前をまくった。

（まさか、中に入れと？）

「お願いします、早く」と、スカートをパタパタさせる静香。

完全にエスカレートしている。目的が変わってないだろうか？　貫太は不安になった。

しかし正直なところ、パンツ越しの手マンをして、貫太もムラムラしていた。学校では太ももまで見えたが、今はガーターと白いパンツまでがチラチラと見えている。

貫太は「見るだけ見るだけ」と心の中で念仏のように唱えながら、メイド服の長いスカートの中に身をかがめて潜った。

スカートの中は独特の空間だった。

音はほぼ遮断され、真っ暗で狭く、少し息苦しい感じ。

スカートの生地の匂いがしている。鼻を少し上に向け、メイドさんのスカートの中の匂いを鼻からいっぱい吸いこんだ。

幸せな気分がする。メイドさんのスカートの中は、こんなに人を幸せにする空間なのか。貫太はずっとここにいたいと思った。

そうだ、と閃き、貫太はスマホのライト機能でスカートの中を照らした。

スカート越しに、くぐもったまくりの声が聞こえてくる。

『これ、見て見て』

(見るだけ見るだけ……)

貫太はパンツをライトで照らした。

ローライズの白く清潔なパンツを穿いている。

パンツをこんな匂いを嗅げるくらいの至近距離で見たのは、まくりとメイドさんの二人だけだ。貫太は自分の幸運に感謝した。パンツに拝んだ。

白だからわかりにくいが、よく観ると、やはりクロッチの色が少し変わっていた。

愛液で湿っているのだ。

貫太はソコを舐めたかった。試しに舌をちょっとだけ出してみた。

(見るだけ見るだけ……)

これ以上はだめだと自制した。匂いを嗅ぐのはＯＫだろうと思い、鼻を近づけようとしたそのとき。

スカートの中に入れた貫太が何もしないので、静香は少し腰を下ろした。

ナイスタイミングで、貫太の鼻と口がパンツに接触した。

静香はさらにパンツを押しつけ、そして腰を前後にゆっくり動かす。

「んぐ、ふぐっ……」

とても柔らかいパンツの生地で貫太は顔を擦られていた。

もう我慢できなかった。

(見るだけ見るだけ……)

貫太は舌を出し、味をみ始める。

静香の愛液は、少しマイルドだった。貫太は人によって味が違うことに感動した。

愛液と唾液が混ざり、パンツのシミがさらに拡がっていく。

貫太はまくりで鍛えた技で、スジに沿って粘着質に舌を這わせていった。

これには処女のメイドはたまらない。

「んっ……！」

『静香、どうしたの？』

「いえ、その……んっ、おしっこ漏れそうです……」

『他人の家で粗相しないようにね』

静香の言葉を冗談と受け取ったようだ。まくりの話はまだまだ続いた。

（いやだ……おしっこ……ほんとうに出そうです……。んっ、気持ちいい……気持ちいい……こんなに舌で舐められるのが気持ちいいだなんて……あっ、いやっ、貫太さん、開かないで……そこ、舌で押し広げたらだめです……んっ、あっ、だめかも……私、私、もうだめかも……あっ、あっ、ああっ！）

「はうっ！」

突然メイドがうなり、ビクンと腰が跳ねた。

同時に、生温かい液体が貫太の顔を襲った。

『なに？　なに!?』

モニタの向こうのまくりは、突然のことに目をパチクリさせている。モニタには、恍惚とした表情のメイドが映っていた。

《じょぼじょぼじょぼじょぼじょぼぼぼぼぼぼぼ……》

スカートの中は大変なことになっていた。

貫太は最初「ぎゃあ！」となったが、ここで退いたら部屋が聖水だらけになってしまう。

意を決し、口をパンツにつけ、溢れる聖水を飲んでいく。

「ごくっごくっごくっ……」

メイドさんの聖水。

温かくて淫靡なメイドさんの聖水。

その聖水が溢れんばかりに口の中に飛びこんでくる。

もはやご褒美だった。

貫太はなんだかテンションが上がっていくのを感じた。

メイドさんのスカートに隠れ、メイドさんの漏らす聖水を飲んでいる。

今日は人生最良の日かもしれないと思った。

メイドさんの聖水に溺れて死ねるなら本望だった。

さすが、他の追随を許さない男である。


「申し訳ありませんでした」

メイドさんが静かに土下座している。

あの後、床に零れた聖水を二人で掃除し、静香に風呂に入ってもらった。

その間貫太はコンビニで買い物し、部屋に戻ってきたらメイドさんが土下座して待っていた。

メイド服は大量に持ってきているようで、まったく同じ服に見えるが一応は着替えたようだ。ちなみに聖水を吸った下着とメイド服は洗濯中である。

「静香さん、頭を上げて」

「合わせる顔がありません。このまま出ていって人知れず死にます」

「死ぬな！　つか、たいした失敗じゃないだろ」

「お小水を……かけてしまいました。最悪です」

「だからそれはご褒美だって」

「お嬢様のような美少女にかけられれば殿方もお喜びになるでしょう。しかし私にかけられても気持ち悪いだけ……そして床も汚してしまいました。いいえ、それだけではありません。学校でも、私がついていったばかりに余計な揉め事を起こしてしまいました」

世の中の不幸がすべて自分のせいだと言わんばかりの落ちこみようである。

「自分だけが痛い目を見るだけの失敗ならいいのです。しかし他人に、お嬢様の大切な方にご迷惑をおかけしてしまったことが許せないのです」

貫太は何も言わず、コンビニで買ってきた桃色のパックのいちご牛乳を差し出した。

「こっ、これは……いちご牛乳!?」

「これでも飲んでさ、落ち着いたら？」

「あわ、あわ、あわ」

「慌てるなって。とりあえず飲む。それから話そうよ」

いや罪人の私などが飲むわけには……などと抵抗していたが、よっぽどの好物なのか、ついに貫太が挿したストローからちゅうちゅうと可愛く吸い始めた。

「美味しいです……」

「甘くて美味いな。幸せな気分になるよ」

「はい……」

静かな時が流れた。貫太は特に話しかけなかった。

静香はなぜ貫太は何も言わないんだろうと思った。

しかし、ふと気づいた。

それが優しさだと。この部屋のように、何も言わず、ただ受け入れてくれていると。

静香は、おそるおそる話し始めた。

「普段と違う生活に、つい楽しくてはしゃいでしまったんです」

静香はずっと西奈央家に仕えていた。幼く身寄りのない静香には、それしか生きる手段がなかった。まくりや貫太のように、毎日学校に行くことなんてなかったのだ。

「そうか。でもさ」

貫太は静香の傍に座って言った。

「俺も楽しかったよ」

不意打ちの笑みに、静香は胸がキュンとしてしまった。

顔が赤くなるのを感じた。

静香は視線を外し、誤魔化すように言った。

「なぜ、いちご牛乳なんですか？」

貫太は照れくさそうに答える。

「まくりに聞いたんだ。好物だって」

「お嬢様に？　あ、失礼します」

いけない忘れていた。さっき、恍惚とした表情のまま唐突に電話を切ってしまったのだ。何か連絡が来ているはず。

部屋に置きっ放しにしていたタブレットを確認すると、そこにはまくりからのメッセージがあった。


貫太くんが、『静香さんが落ちこんだからどうすればいい？』だって。

なんかあったみたいだけど、いつもの飲んで元気出せ！

P.S.　貫太くんがいれば大丈夫だヨ❤

静香はふいに涙が出そうになり、グッとこらえた。メイドの意地でなんとかこらえた。

二人の気遣いが嬉しかった。とんでもない二人に巡り会えたと思った。

静香は飲み終えたパックを胸に抱き、窓辺に近づく。

時刻はすでに日付の変わる時間。楽しくて悲しくて暖かい一日が終わろうとしていた。静香にとって、魔法にかかったような素敵な一日だった。

このパックは一生大事に取っておこうと心に決めた。貫太が自分のために買ってきてくれたいちご牛乳のパック。

(貫太さん――)

ふと、心の中でその名前が浮かぶ。

空を見上げると、すっかり晴れた夜空に星が瞬いていた。

(もし、お嬢様より早く出会えていたら――)

かぶりを振った。

そんなことを考えても意味がないのだ。

静香は窓に映る自分の顔を見て、いつも通りの笑顔を作った。

「貫太さん、寝ましょう！」

「ね、寝る？」

「睡眠は明日を生きるための源です」

すーっと、貫太の前を横切り、静香は押し入れに入っていった。

「お休みなさい」

「ああ、お休み」

静香は襖をそっと閉め、暗い寝床の中で、

（ふえーん）

と声を殺して泣いていた。

◇

あれから一週間が経ち、まくりが帰国する日になった。

その朝。ベッドの中で――

貫太はとてもえっちな夢を見ていた。

下半身がスライムのようなネトネトしたものに絡みつかれ、ペニスを気持ちよく弄られている夢だった。ネトネトは生温かく、粘度も自在で、緩急をつけて襲ってきた。

こんな変な夢を見るのも、きっとオナニーしてないからだと思った。

結局この一週間、静香に監視されてオナニーできなかった。

しかしムラムラして静香を襲うことはなかった。なぜか静香は積極的にアプローチしてきたが……。（部屋のドアを開けるたび、メイドさんが着替え中という演出は狙いすぎだと思った。勃起したけど）

オナホはわざと近くに置かれていた。『ないからしない』ではなく、『あるけどしない』という調教……いや、訓練だそうだ。

まったく信用がない。今ならまくりの膣の中に、一生分の精子をぶちまけてやるのに。これだけ我慢したんだから、もうオナホのほうが気持ちいいという感情はなくなっているはずだ。ああ、早くまくりとしたい。早く帰ってきてくれまくり。

「まくり！　……ん？」

目を覚ますと、ぴちゃぴちゃと水っぽい音が聞こえてきた。

なんだろうと貫太が下半身のほうに目をやると……

「んぐ、かんたふぅん、おふぁよう。んぐっ、くちゅ、ちゅる、ちゅくちゅく……」

まくりがフェラチオしていた。

「まくり!?　なにしてンの!?」

「ふぇらちお♥」

「わぁい♥　って、スライムの正体はまくりか！」

「？」

　帰国早々お騒がせな女の子である。ウェットティッシュを手にしているので、ご丁寧に、肉棒をちゃんと拭いてから舐めたらしい。

「昼に帰国するんじゃなかったのか？」

　まくりは一旦ペニスから口を外し、指でシゴきながら答えた。小指はちゃんと立てている。

「予定より早く終わっちゃって。観光するくらいなら帰国するほうがいいやと思って先に帰ってきたの。そしたら貫太くんたら、朝勃ちしてるんだもん。これは挨拶しなければって」

　そう言えば貫太はまくりと寝起きを共にしたことがなかった。まくりは朝勃ちを観るのが初めてで興奮気味だ。もちろん、久々に大好きな彼に会えた嬉しさもある。どちらでより興奮したかというと……両方おち×ちんかもしれない。

「ああ、久々のおち×ちん、ちゅくちゅく、んっんっ、んぐっ、おち×ちんおち×ちん、ちゅううっ、貫太くんのおち×ちん大好きなのぉ♥」

「興奮しすぎだろ、んっ」

「だって、だってだって、わたしも我慢してたんだもん。貫太くんだけ我慢させるなんてヒドいから、わたしも一緒にオナ禁してたの！」

まくりも頑張っていた。毎日オナニーをしないと体調が悪くなると宣言していた娘が、である。

実際、何度かアソコを触ってしまいそうになったことはあった。しかし恋する女の意地でなんとか踏みとどまり、指をグーパーグーパーして乗りきった。すごい精神力だ。

「まくり、うっ、俺、頑張ったぞ。オナ禁ちゃんとしたからな？」

「うん、知ってるよ♥　嬉しいの♥　ちゅるちゅる。貫太くん大好き♥」

「俺もだよまくり……んっ、だから、だからセックスしようまくり！　おま×こに挿れたい！」

「うん♥　って言いたいところだけど、まだだーめ。はむっ」

ペニスを咥えながら、まくりは考えていた。

はっきり言って、まくりも我慢の限界だった。今すぐ膣内を狂うほど犯して欲しかったし、孕むほどの精液を奥に出して欲しかった。

だがもしこの作戦が失敗して、セックスの後にまたオナホを使われたら大変である。事は慎重に運ばなければならなかった。

一週間のオナニー禁止令で、貫太がオナホを手放せていればよし。そうでないなら限界まで射精させ、オナホを忘れさせてやろうと考えた。

(わたしがオナホを忘れさせてあ・げ・る♥)

まくりはこのフレーズが気に入った。貫太をオナホ好きにしてしまったのもまくりだが、それは心の棚に上げておくことにした。

最初から中出しさせるとまくりが先にダウンしそうなので、できるだけ口でイカせることにした。口と膣を交互に行う、名付けて『肉肉野菜野菜肉作戦』である。

「わたし、貫太くんの精液飲みたいな♥」

そう言って、まくりはFカップの乳房でペニスを挟んだ。乳房の熱と柔らかさを感じ、亀頭からは透明な汁が溢れ出す。

「下のお口からはいつも飲んでるのに、上のお口はまだないことに気づいたの。だから、お口に精液欲しいなぁ♥　くちゅ、ちゅく、んちゅ……ねぇ、いいでしょぉ？」

まくりは上目遣いをして、情熱的に、献身的に、乳房からはみ出た亀頭を扱いた。すぼめた唇で、唾液の絡んだ舌で、貫太の弱い部分をいやらしく責めていく。

貫太は、ペニスをしゃぶるまくりがとても可愛く見えた。

「おいしくいただきまぁす♥」

唾液を垂らし、にゅるりと亀頭を口に含む。

そしてするすると、まくりの小さな口がペニスを呑みこんでいった。

「貫太くん、おっぱいに挟まれて気持ちいい？」

「ああ、すごい……ち×こでおっぱいを感じられるなんて……なんて柔らかいんだ、ああ、まくりのおっぱい！　まくりのおっぱい！」

貫太はたまらず、自ら腰を振り始めた。まくりの乳房の谷間をペニスでいっぱい汚したかった。欲望をぶちまけたくて、本能の赴くままに犯していく。

「ぶじゅ……じゅる……んくっ、ぶじゅぶじゅ、んっ……れろっ、ぐちゅじゅぶ、はむっ、じゅるじゅる……じゅるるるる、ふむっ、んっ、あむっ、じゅぶぶ……」

貫太の腰の動きに合わせ、いやらしい音をまくりの口が立てる。

ペニスはまくりの口内の温かさとヌメリ感を震えるほど感じていた。

「まって貫太くん、ここ、久しぶりだからカスが溜まってるよ♥」

まくりは舌でチロチロと、丁寧にカリ首を責めていく。カリに溜まったカスを舌で綺麗に掃除しているのだ。さっきウェットティッシュで、ここはわざと拭かなかった。自分で綺麗にしてあげたかったのだ。

汚いカスも、愛しいおち×ちんだから全然いやじゃなかった。むしろ、自分が綺麗にしてあげていることが、とても誇らしかった。

「カス取り完了♥　溜まったらいつでもわたしが綺麗にしてあげるね♥」

にっこり笑うまくり。まくりは献身的なお嫁さんになりそうだ。

次にまくりは、竿を上下の唇で横から優しく挟んだ。

そして、広げた舌で裏筋をねっとりと舐め上げていく。

「んちゅ、ちゅるちゅく、くちゅ……一週間ぶりのおち×ちん、おいしい……くちゅ、ちゅる、んぐっんぐっ、れろれろ……おいひいよほぉ♥」

一週間ぶりのまくり、一週間ぶりの快感で、貫太はもはや射精寸前だった。

「あ、精子のお玉、硬くなってきた。もうすぐ出そうなんだね。お口に出す？」

「ま×こに……膣の奥に出したい！」

「やーん♥　一週間分の精液なんて出されたら、赤ちゃんできちゃうよぉ♥」

「ああ孕ませたい！　だから中に！　中で！」

「だめだめぇ。中で出したいなら、ちゃんと我慢してネ♥」

まくりは嬉しかった。貫太がオナホではなく自分を選んでくれている。

（これなら、挿れても大丈夫かな？）

そう思ったが、こうして懸命にペニスを舐めていると、このままお口でイカせてやりたいという欲求が湧いてくる。

それに、一週間我慢した精液を飲んでみたいという好奇心も湧いてきた。色はどうだろうか？　臭いは？　味は？

想像すると、まくりはとても興奮してきた。

だからついにまくり自身のオナ禁を解除し、自分のアソコを指でパンツ越しに弄り始めた。今日のパンツは、フランスで買ったレース付きの真っ赤なセクシーパンツだ。

「んっ……ああっ……気持ちいい……ぢゅぶぢゅぶ……んっ……はぁっ、気持ちいいよぉ……」

まくりの指が、意に反して力を増していく。

（いけない、このままじゃ、わたしが先にイッちゃう……）

だが止まらなかった。指は強くスジを往復し、まくりのパンツに愛液のシミがジワッと拡がっていった。

「ぢゅる、ちゅる、ぢゅるるる……んっ、おち×ちん……おち×ちん好き……美味しい……美味しいよぉ……ぢゅぶぢゅぶ……もっと舐めるの……んっ、逞しくて、太くて……はぁっ、わたし溢れちゃう……♥」

パンツのシミは大きくなり、ついにベッドまで濡らしていった。

（やだぁ、貫太くんのシーツに愛液が染みこんじゃってる……。一週間我慢した、わたしの我慢愛液、染みこんじゃってる……）

貫太が以前、濡れたパンツを敷いて眠りたいと言っていた。だからまくりは、もっと汁をお漏らししようと思った。パンツの中に指を入れ、直接膣口を弄りだした。

指を蜜壺の中に入れて動かすと、パンツの中でくちゅくちゅと音が鳴った。

「貫太くん、音、聞こえる？　わたしの恥ずかしい音、聞こえちゃってる？」

「ああ、おま×こからいやらしい音、聞こえてる……んっ、早く挿れたいよ……」

「貫太くんのおち×ちんも、ぢゅぶぢゅぶ、わたしのお口に扱かれて、いやらしい音してるよ？　んっ、ぶちゅ、ぶちゅ……じゅぶじゅぶじゅる……」

まくりは唾液を多めに出し、ペニスへと擦りつけていく。

イキそうになる心を逃がしたくて、息もつかずペニスをしごいた。貫太のお尻を抱き、深く深くペニスを咥えこんでいく。

「ンッ、ンッ、ンンンンンっうっ」

うっかり喉の奥まで亀頭を入れてしまい、息が詰まったが、貫太が気持ちよさそうな声を上げた。

「奥、気持ひいい？　んっ、おひ×ひん、口のおふがひいの？」

「ああ、なんか、んっ、まくりの口の奥柔らかくて……あっ、イキそう……」

まくりは、貫太が喜んでくれるならなんでもする覚悟だ。

苦しかったが、ペニスを喉の奥まで入れて、懸命に顔を前後に動かした。

舌の奥と喉が、キツく優しく亀頭を刺激する。

まるで膣奥を責めているような感覚が貫太を襲った。

もっともっとまくりの喉を責めたくて、貫太はまくりの頭を掴み、強く動かした。

「んぐっ、ぢゅぷ、ぢゅる、んぐっ、ぶぢゅ、ぢゅるるる、んっ、ぐっ、ぐぐっ、んっ、ふぐっ、んっ、にがっ……」

亀頭の先から我慢汁が絶え間なく溢れ、まくりの喉を襲った。

まくりは溺れそうな感覚に陥り、意識が飛びそうになった。瞬間、

「まくり、イキそうだ……はぁ、はぁ、イクぞ、まくり！」

貫太の腰が弾け、まくりの喉の奥に熱いモノが流れてきた。

「んぐっ」

その感覚に驚いて、精液が鼻の奥に入ってしまった。

まくりは窒息しそうになり、頭を上げた。だが、口の中にはちゃんと亀頭を残している。精液を口の中に溜めて、じっくり味わうためだ。

「はぁ……はぁ……はぁ……大丈夫か？　まくり」

「ほあほあ、お口のなか、貫太ふんでいっぱいらよほ」

まくりが鼻から精液を垂らしながら言った。そして、

「んぐっ」

と口に溜まった精液を飲んでしまう。

「ま、まくり、飲んでくれたの？　俺の精液」

「うん……一週間ぶりの精液……濃くて……おいしい……」

まくりは本当に美味しそうに、うっとりして言った。

「あ、半勃ちしてる♥」

「そんなの見たら俺、我慢できないよ。まくり、俺、今度は中に出したい。膣の奥で精液飲んで欲しい！」

まくりは頷き、両手をパンツの端に差しこんだ。あと数回、お口でイカせようと思ったが、精液を飲んでもう我慢ができなかった。膣をペニスで満たさないと、どうにかなってしまいそうだった。

「おみやげだよ、貫太くん♥」

そう言って、脱いだパンツを貫太の顔にかぶせる。シミのできたクロッチがちょうど鼻に当たるように。

「ああ！　まくりのおま×この匂い！　おま×こパンツだ！　濡れたおま×こパンツ！　おま×こパンツ!!」

ギン！　とペニスが怒張した。とても喜んでくれてまくりは満足だ。

まくりは素早く貫太の上に乗った。一週間ぶりのペニスに胸が高鳴る。膣口をくぱあと指で拡げ、ヒダヒダの奥まで貫太に見せる。

「見て、貫太くん。一週間ぶりのおま×こだよ？　ほら、お汁が垂れてるの。挿れたい？　ねぇ、まくりのおま×こに挿れたい？」

「早く！　我慢できない！　早くおま×こを！」

まくりは我慢汁を垂れ流すペニスを握り、一気に腰を落とした。

「んぐううううう！　入ってくるぅぅ!!」

ペニスが一週間使われなかった膣を押し拡げていく。亀頭が膣奥に勢いよく当たり、膣にあった愛液ごとまくりのお腹の奥を圧迫した。

貫太はそれだけで射精しそうだった。

まくりはそれだけでイキそうだった。

膣から押し出された愛液が、零れて貫太の股間を汚していく。

二人は必死の思いで絶頂を我慢し、息を整えた。

「はぁっ、はぁっ、おち×ちん、全部食べちゃった……。見て、貫太くん。おち×ちん全部入っちゃってるの。わたしのお腹の奥まで、全部入っちゃってるの」

「ああ、感じてるよ……まくりの中はすごく熱くて、んっ、優しくぺたぺたされて、気持ちいい……」

まくりはいやらしく腰を動かし始めた。膣全体で、ペニスを感じたかった。

スタートしたばかりなのに、腰を振るペースが早い。Fカップの胸が貫太の目の前で激しく躍った。躰を反らしながらまくりが言う。

「はあんっ！　一週間ぶりのおち×ちんなのぉぉぉ！」

ずっと我慢していたモノを得た快感で、まくりの口から唾液が零れ出した。

本当に気持ちよかった。膣でここまで気持ちよく感じたのは初めてだった。

（もっともっと、もっと欲しいよぉ！　おち×ちん、もっと欲しいよぉ）

まくりはペニスをもっと感じたくて、膣をギュッと締めつける。するとさらに快感が増し、全身を震わせた。乳首が激しく勃起し、ツンと上を向く。

愛液が泡を立てて溢れ出し、部屋に淫靡な音を響かせた。

「貫太くん大好き！　大好き！　おま×こ犯してくれるこのおち×ちん大好き!!　もっと、もっとちょうだい！　もっとぉ！」

「まくり、激しすぎっ……！　ち×この先が、ぐうっ、潰れちゃうよ！」

「おち×ちん潰してるのっ、奥がしびれちゃうくらい、おち×ちん潰してるのぉ！　あっ、はんっ、おち×ちんの先が、あんっあんっ、奥にドンドン当たってるのぉ！　奥ドンなのぉ！」

亀頭の先に激しく当たる柔らかな膣奥の刺激で、貫太は全身が痺れそうだった。

奥だけじゃない、ペニス全体がまくりのいやらしい膣内のイボイボで吸いつかれ、締めつけられていた。熱い愛液は温水プールのようで、浸かっていると自然に精液を漏らしたくなってくる。

こんなに激しいまくりは見たことがない。商店街のアイドルが上に乗って激しく乱れている様は背徳的で、貫太はこれ以上なく興奮させられた。

「まくり俺、もう出そうだ……！」

「だめぇ、まだだめなの、もっともっとおち×ちん感じたいの！　行けるのよね？

まだ、行けるのよね？　あんっ、太くて硬いの、気持ちいいよぉ！」

「でも、もう我慢できないよ！」

「やんやん、出さないで？　我慢して？　お願い、お願い、まだ出さないで！」

お願いとは裏腹に、まくりは激しさを増していった。

清純なアイドルとは思えないほど脚を大股に開き、深く激しく腰を強く打ちつけていく。いやらしい。とてもいやらしい姿だった。

愛液の音も激しくなる。瑞々しい音から、ネチャネチャと官能的な音に。

そして淫靡な匂いも最高潮だった。生殖行為のことしか考えられなくなるくらい、脳を激しく刺激した。

気持ちよくて開けたままのまくりの口からは、絶え間なく快感の唾液が溢れ出た。

「まくり、まくり、射精したい！　早く出したい！　おま×こに出したい！」

「もうちょっと、もうちょっとなの。もうちょっとでわたしもイクから、ね？　一緒にイこう？　貫太くん、一緒にいこうね？」

まくりの体に浮かぶ汗が、激しい動きでキラキラと飛び散る。

まくりの頬は赤く染まり、目はとろんとして涙を浮かべている。

貫太はとても美しいと思った。

まくりと一緒になりたいと思った瞬間、いっそう激しい射精感に襲われた。

まくりの子宮はそれを察知し、一気に昇りつめていく。

「あっ、ああっ、イキ、イキそ……あっ、イキそうなの、あっ、やっ、奥が痺れてきたのっ、あっ、あっ、そこ、そこ、あっ、だめ、もう少しだけ頑張って……あっ、やっ、来ちゃう、来ちゃう、あっ、やっ、いいよ、出して、ね、出して、中で出して！おま×この奥で出して！　わたしも一緒にイクから！　おま×こ、おま×こ、まくりのおま×こでいっぱい出して！　白いのいっぱい出して！　精液いっぱい出して！おま×こを精液でいっぱいにして！　中がいいの！　中じゃなきゃいやなの！　ね、中で出して！　中で出してわたしを孕ませて！　いっぱい出して孕ませて！　あっ、はあっ、赤ちゃん欲しいの！　だから中で、奥で出して！　子宮まで届かせて！　子宮がきゅんきゅんして孕みたがってるの！　精液いっぱい飲ませて欲しいの！　欲しいの！　精液欲しいの！　奥で飲みたいの！　出して！　出してお願い！　まくりの奥で、いっぱい射精してぇ!!」

まくりがグッと腰を打ちつけると、たまらず貫太が射精した。そしてまくりの顔か輝き、彼女も絶頂を迎えた。

勢いよく精液が膣内に発射される。二回目なのに、一回目よりも多く激しい射精だった。まくりは激しい射精を膣奥で感じ、嬉しさで蕩けそうになった。

そして腰から砕け、まくりは合体したまま貫太の胸に倒れこんだ。貫太はそんなまくりをしっかりと抱きしめた。はぁはぁと息が上がっていたが、二人は唇を求めてむさぼりあった。息ができず苦しかったが、とても充実していた。

「あんっ、貫太くん……中でまだ出てるよぉ」

まくりは膣奥に、いまだに送りこまれる精液を感じていた。

小さな膣に入るには多すぎる精液に、まくりはお腹が苦しかった。でも嬉しくて子宮がきゅんっと震えた。

すうっと、お腹の苦しみが引いていくのを感じる。

見ると、アソコから精液が溢れ出ていた。貫太のペニスが射精して小さくなり、膣から抜けてしまったのだ。

(もったいない……)

まくりは自然と溢れた精液を指で拭い、口へと運んだ。

(んっ、わたしと貫太くんの味がする……♥)

ビクンっと、まくりが軽くイッてしまった。

(あ、でも、ということは……！)

ペニスが小さくなったということは、貫太が十分満足したということだ。

（作戦は大成功!?）

まくりの顔が、ぱあっと明るくなった。まくりはオナホに勝ったのだ。これでもう、貫太はオナホで満足しようと思わないはずだ。

「最高だったよ、まくり。やっぱり、まくりのおま×こが一番だ」

「そうでしょぉ？　貫太くんにはわたしが一番…………って、ナニしてンの!?」

「げ、いつの間に!?」

貫太は喋りながら、フツーにオナホでペニスを扱いていた。

完全に無意識だった。息をするくらい普通に、オナホを握って扱いていた。

「いやあの、まくり、これはだな、ウッ！　……出ちゃった」

「全然……全然治ってないし！　わたしの一週間のオナ禁が水の泡だし！」

まくりはオナホを奪うと貫太の顔に投げつけ、窓辺へと走り、なぜか窓を開けて叫んだ。

「前より悪くなってるしぃーー!!（しぃーー!!　しぃーー……）」

朝の静けさの中、ご近所中にまくりの絶叫がこだました。

# 最終章　わたしとオナホ、どっちが好き？

「赤ちゃんデキちゃったぜ☆」

貫太からのまさかの告白。

「え？　できたって？」

まくりは自分のお腹をさすってみた。あれだけ毎日中出ししてたのだから、デキてしまってもおかしくはないけど……なぜ自分も知らないのに貫太がそれを知ってるんだろうと思った。

「やだなぁ、まくりの子じゃないよ」

「え、どゆこと？　まさか貫太くん、浮気を？　誰？　誰なの!?　静香!?　まさかドンコさん!?」

「おいおい何言ってんだよ、俺の彼女は最初からこの子だよ」

そう言って貫太の後ろから恥ずかしそうに出てきたのは、オナホールだった。

「なんだ、もう、驚かせ……へ!?」

よく観ると、オナホールのお腹が膨れていた。ただ膨れているわけでなく、妊婦のようにプクッとした形に膨れている。なんと妊娠線まであった。

「え？　え？　どゆこと？　オナホが妊娠!?　え？　え？」

「ほら、産まれるよ」

キュッとオナホがリキむと、オナホの入り口から小さいオナホがぱらぱらと出てきた。

「あはは、子だくさんだ。じゃ、まくり、そういうことでバイバ～イ」

「いやあああああああああああああああ!!」

ガバッ、っと起き上がるまくり。

「大丈夫ですか？　お嬢様」

辺りを見渡すと、いつもの景色。自分の部屋の風景だった。

「夢……？」

髪から垂れた汗が腕に当たる。

自分でもわかるくらい全身汗ぐっちょりだった。シーツはお漏らししたみたいに湿っている。

「珍しいですね。お嬢様が普通に叫んで起きるなんて」

「まるで普通じゃないときがあるみたいね」

「ものすごいエロワードをよく叫んでいますよ」

「例えば？」

「いやーん、処女には恥ずかしすぎて言えなーい」

口に手を当て、くねくねと体を揺らす静香。

はぁっ。とまくりのため息。今はメイドさんジョークに付き合う余裕はなかった。

「今朝はどんな夢を？」

言えば少しはラクになるだろうか？

「貫太くんが、オナホを孕ませる夢……」

「それ、正夢かもしれませんよ？」

「んなわけないでしょ！」

「でもこのままでは大変なことに……」

あれから色々試したが、貫太の性癖が完全にオナホへ移ってしまった。膣ではイケなくなってしまったのだ。このままでは、たとえ結婚できても貫太との赤ちゃんが作れない。子供が三人欲しいまくりとしては、随分計画が狂ってしまうことになる。

もちろん人工授精など科学技術を使えばなんとかなるかもしれない。けどそうではないのだ。肉棒を挿入され、快楽の絶頂で孕みたいのだ。

「お嬢様、お可哀想……」

静香はまくりを優しく抱きしめる。

メイドさんの抱擁は温かくて気持ちよく、まくりはだんだん心が静まってくるのがわかった。

石鹸の香りのする柔らかなメイド服。その格好と静香の大きな胸は、つらく悲しんでいる人を癒やす力があるような気がした。

「このままわたし、同性愛に走ろうかしら」

「逃げてどうするんです？　西奈央まくりは逃げない女じゃなかったんですか？」

「ふん。言ってくれるわね」

もう大丈夫だと言わんばかりに、ぐいっと静香を離す。

「仕方ない。いやだけど相談してみるか」

「まさかお嬢様、あそこに!?」

背水の陣であった。

人里離れた山の中腹にあるD神社。

そこは、性的な悩みをなんでも解決してくれるという、財界や政界など一部の人間しか知らない性的（パワー）スポットであった。

オナホでしか反応しなくなってしまった貫太を治してもらおうと、まくりと貫太、静香は神社へと続く石段を登っていた。

両脇に林があり、木陰になっているとはいえ、季節は夏である。

さすがに全員バテてきた。

「俺たち一体何段上ってきたんだ」

「二百五十六段です。あと百段で着きます」

「よく数えてるな。ってまだそんなにあるのか」

「はぁ、はぁ、さすがにキツくなってきたわね」

最初は常識的な石段の高さであったが、後になればなるほど高さの差が大きくなり、今では膝の高さくらい足を上げないと上れなくなっている。神社に訪れる人間を拒絶しているとしか思えなかった。最終的には腰の高さくらいまでよじ登らないといけなくなるらしい。

「このあたりで休憩しましょうか。なんだったら『ご休憩』でも」

「余計疲れるでしょ！」

「世の中には、快楽をパワーに変換して戦う正義の味方もいますが」

「触手と戦うなんてゴメンだわ」

「ではお嬢様は休憩で。貫太さんは私とご休憩で！　ああ、ついに私の膜が散らされてしまう！」

「下品よ、静香」

「なんでそんなに元気なんだよ！」

「ふっふっふ。それはですね、メイドスーツは着ている者の動きをサポートする役割があるのです」

「パワードスーツじゃないんだから」

ふと、下のほうから若い女性の声が聞こえてきた。まくりたちと同じく、石段を上っているようだった。

「あはは、やだお姉様ったら」

「本当よ百合《ゆり》ちゃん、上に着いたら汗、拭ってあげる」

「あのあの、背中にも汗、かいてるんですが」

「もちろん、拭ってあげるわ？」

「わあい！　あの、実はお尻にも……」

「いいわよ」

「あの……あの……あそこにも……」

「ふふふ、悪い子ね。念入りに拭いてあげる」

「あはっ♥　お姉様大好き♥」

メイド服を着たカップル？　が楽しそうに会話しながら、膝まである石段を楽々と上っていった。

「…………」

「着ますか？　メイド服」

「着るわけな……!?」

静香は貫太に背を向け、少しだけ背中のチャックを下げていた。

「あら大変です。チャックが引っかかってしまいました。貫太さん、下ろして頂けますか？」

少し開いた服の奥に、静香の少し汗ばんだ、白い背中が見える。メイドさんの背中は、思わず舐めたくなる背中だ。

「ごくり」

「貫太くぅん？」

まくりの目がマジで怖かったので貫太は自重した。

「よし、ゴールはあと少しだ。二人とも頑張ろうぜ！」

はりきっていこう！　と気合いを入れる貫太に、まくりは真逆の反応を見せる。

「わたし、もう歩けないかも～」

そう言ってまくりはしなを作って石段に座った。そして、貫太に向かってただでさえ短いスカートを少しずらし、太ももの間から、柔らかく膨らんだ白い布を見せている。

「だらしないわたしに、貫太くんの折檻棒で気合いを入れてください♥」

（あざとい……）

メイドが思った。

実は階段を上るたびに、女子二人に少しずつ変化が起きていた。性欲がどんどん高まってきているのだ。

それは石段のてっぺんにある神社のせいであった。

さすが、性的な悩みを何でも解決してくれる性的（パワー）スポットである。そのオーラは強大で、近づくだけでも性的な影響が出てしまうのだ。特に美少女ほど敏感に反応してしまう。

先ほどのゆりんゆりんなメイドたちは、三十段ほど上がったところで我慢できなくなり、お互いの濡れた貝をぐちゅぐちゅと擦り合わせ、蜜を混ぜ合っていた。

「あ～、なんだかメイド、急に催してきました」

そう言い、静香はパンツを脱いで、おしっこをする体勢をとった。

思わず貫太はガン見してしまう。メイドさんのおしっこ姿なんて、とてもレアだからである。思わず貫太はスマホを構えてしまった。

「貫太さん、見ちゃ……イヤです」

ぽっと頬を赤く染めるメイド。しかし言葉とは裏腹に、スカートを捲り上げて美しいアソコを露出した。

「ちょっと静香！　下品よ！　草むらの中でしてきなさい」

「草むらは蚊がいてデング熱にかかる危険がありますので、メイドは仕方なくここで致します。さ、貫太さん、もっと近くで」

「貫太くん！　お腹空いたでしょ？　パン食べたいよね？」

そう言って、まくりの脱ぎたてパンツが貫太の口の中に無理矢理ねじこまれた。パンじゃなくてパンツだろうというツッコミをする前に、貫太はもぐもぐ味見する。

「んぐぐ、まくりの味がして美味しい……」

「でしょう？」

「貫太さん、メイドのパン、大好きですよね？」

そう言って、今度はメイドのパンツが口の中に。

瞬間、貫太は思いきり反応し、大勃起をしてしまった。

「どうしてメイドのパンツのほうが反応するの!?」

「だってまくりのはいつも舐めてるし。もぐもぐ」

「ぐっ、新鮮さで負けた……。だが決して、メイドに負けたわけでは……」

「お嬢様はマンネリすぎなんです。貫太さんのおち×ちんだって、マンネリま×こに飽きて射精できなくなったのかもしれませんよ？」

「そ、そんなことはないぞ？　ホントに！」

「ぐっ……絶対治してもらうもん」

涙目のまくり。こんな怪しい神社に来たのも、藁をもすがる思いだからだ。

「では早く行きましょう。ん？……イキましょう？　あ、違う。どうもここは性欲が絡んでしまいますね」

パンパンと、静香がスカートをはたく。

「お嬢様、競争です。先に上りきったほうが貫太さんの本日のおち×ちんを頂けるということで」

「なんで貴女がもらえるのよ」

「おち×ちんは、メイドへの最高のご褒美だからです！　ではそういうことで！」

静香がとっとと石段を上っていく。

「ちょっと！　許可してないんだからね！」

追うようにまくりも上っていった。

二人とも貫太にパンツを預けたままなので、揺れるスカートからお尻が丸見えである。

絶景かな絶景かな。

他に人などいないので、何も問題はなかった。

◇

「お主が西奈央まくりか。ほぉ、さすが町のアイドルぢゃ。めんこいのぉ」

まくりたちを本殿で出迎えたのは、顔の大きい、しわくちゃの小柄なおばあちゃんだった。

境内まで来ると例の性欲が落ち着いたので、まくりと静香は体が火照る程度で済んでいた。パンツは貫太から回収し、二人ともキチンと穿いている。もしパンツを穿いたまま石段を上ってきたら、グッショリしたパンツで床の板を濡らしてしまうところだった。

「はい。ご相談したいことがありまして……」

「オナホの使いすぎぢゃ」

「え？　な、なんでわかったんですか？」

「ワシはな、エロいことなら顔を見ただけでわかるのぢゃ」

すごい婆さんもいたものである。

「その男が使い捨ててきた多くのオナホの呪いぢゃよ。水子のように貼りついておる」

マジかと貫太が周りを手ではらった。

「これですね」

静香がスッと立つと、スカートの中からオナホがいくつかゴロゴロと零れ落ちた。

彼女のスカートは一体どうなってるんだと貫太は思った。

「あなた、それ持ってきてたの!?」

「はい。何かのお役に立てばと」

まくりはため息をつき、気を取り直して老婆に質問する。

「で、呪いを解くにはどうすればいいでしょう？」

「フン……」

老婆はそっぽを向き、右手の親指と人差し指で輪っかを作った。これ以上は金を出せということらしい。意外とがめつい。

この神社は、戦前に老婆の先祖が建てたものだ。その男はエロ妄想が大好きで、世の少女たちにイタズラするにはどうすればいいか日々考えていた。そして結論に至ったのだ。神社を建てればいいと。エロに悩む少女たちを集め、神のせいにしてエッチなことをすればいいと。そして代々そんなことをしているうちに、本当にこの神社に性欲の神が宿ってしまったらしい。世の中は恐ろしいものである。

エロと強欲。この世のすべてがここにある。

「失礼しました。静香」

静香はスカートをめくると、太ももにくくりつけた札束を取り出した。

(静香さんはなんでも太ももなんだな)

貫太はメイドさんの白い太ももに釘付けになりながらそう思った。

「イテ！」

瞬間、貫太の太ももに激痛が走る。

「ふんだ」

つねっていた指を離し、プイッとまくりが顔を逸らした。

「ひい、ふう、み……ワシは金の勘定も早いんぢゃ」

だからなんだよと貫太は思ったが、口にはしなかった。

三桁万円の束を数えてネコのような笑みを見せ、婆さんは大事そうに札束を袖に仕舞う。

静香の太ももにはそんな大金が隠されていたのだ。貫太は、メイドさんの太ももの汗が染みついたその札束で頬を叩いて欲しいという、意味不明な感情が湧いてきた。

「何が起きてるかはわかったが、何をしたのかがわからんと対応を間違う。詳細に話せ」

そう言われ、まくりは事の経緯を話し出した。

昔、貫太の家でオナホを知り、興味を持ったこと。貫太にそそのかされ、貫太の前で人生初のオナニーをしたら気持ちよく、ハマってしまったこと。お礼に、貫太に最高のオナニーをしてもらいたくてオナホを研究したこと。会えない間もずっと貫太のことを考えていたこと。懸賞でオナホが当たったこと。貫太に再会したこと。オナホで尽くしてあげたこと。初めて射精を見たこと。二人でオナニーし合ったこと。初めて体を合わせたこと。淫らな性生活をしたこと。そして、どう責められるとどう感じて子宮がきゅんきゅん疼いてしまったか。

「そこまでは聞いておらん」

えーっと、淫らな性生活をしたこと。まくりはオナホやオナニーよりセックスが重要に変わったこと。逆に、貫太はセックスよりオナホが重要になってしまったこと。

「というわけなのです……くすん」

「なるほどのォ……。陰と陽の逆転はよくあることぢゃが、その男に取り憑いた呪いが、加速と固定をしておるようぢゃな」

「あの、どうすればいいでしょうか？」

「お主、肝心なことを忘れておるな？」

「忘れてること……？」

「お主の双子のまんこのことぢゃ」

「まん……え!?」

「お前、双子だったのか？」

「ううん、違うけど……あ、もしかして！」

「双子じゃなくて三つ子！」

「貫太さんは黙っていましょう」

「はい」

床にのの字を書く貫太。

「でも、あれがなんなんです？　あれで貫太くんについた呪いが解けると？」

まくりは必死の思いで老婆に詰め寄った。

「人間もオナホも愛が必要なのぢゃ。あれはその二つを繋げることができる。あとは結果をご覧じろ。ワシから言えることはそれだけぢゃ」

「愛……繋げる……」

「さ、悩みは聞いた。払ってもらうぞ」

「え、お金なら先ほど……」

「はて。そんなものをもらった覚えはないが」

「覚えてますよね、明らかに。というか、袖の中を調べてください」

「そうだそうだ！　トボけても無駄だぜ！」

「クッ、ナマイキなこわっぱどもめ！」

「さ、帰ろうぜ」

「待てい！　課金できぬなら、如炉《にょろ》様の生け贄として体で払ってもらうぞえ！」

「如炉様？　わぁっ！」

老婆が背中に隠し持っていた黒い箱を開けると、中からヘビのような黒いものがいくつも飛び出した。

「触手!?」

思考をする前に、まくりと静香はヘビのような触手に絡まれ、身動きが取れなくなる。

「生臭い……お嬢様、大丈夫ですか？」

「ヌメっとしてるよぉ。静香、ウェットティッシュぅ……」

「残念ですが動けません。あっ、お嬢様の服！」

触手の粘液は特殊な溶解液である。二人の服がジワジワと溶けていった。

「や、やだ、見えちゃうっ」

「カカカ、さすがアイドルは肌がキレイぢゃ。如炉様も喜んでおるわい」

「おいババア！　二人を離せ……ぐあっ！」

太い触手に横殴りにされ、貫太が吹っ飛んだ。

「貫太くん！」

貫太は気絶し、ピクピク痙攣していた。

「静香、どうしよう⁉」

「大丈夫です、お嬢様。私のドローンたちが……あっ……神社上空は飛行禁止で来られません……」

「オーノー！」

「さぁ、膣の奥まで如炉様に可愛がってもらうのぢゃ。おお、お主は処女か。初めてが触手とはラッキーぢゃのぉ。人間なんかとは比べものにならんからの」

静香の顔が真っ青になった。そんなことになるくらいなら舌を噛み切って死のうと思った。しかし、自分が死んだらお嬢様を守る人がいなくなる。この身を犠牲にしてでも、お嬢様だけは助けようと思った。

「お婆さんお願い。わたしは残るから、静香だけは助けてあげて。わたしには彼女を守る義務があるわ」

「お、お嬢様!? 待ってくださいお婆様。私の処女は差し上げます。妊娠してもいい。だからお嬢様だけは助けてください！」

「静香、なんてことを！」

「麗しの主従関係ぢゃのぉ。仕方ない、二人の愛に免じて……」

二人の股の下に待機した双子の太い触手がゆらりと動いた。

「同時に犯してやるわ！」

一気に膣を突き抜けようと、触手が膣口に迫る。

恐怖にまくりは目を閉じた。

暗闇の世界。

しかし、いつまで経っても何も感じなかった。もしかしたら触手の一撃で自分は死んでしまったのかしらと思った。

ならば死後の世界とやらを見てやろうと思った。そして背後霊として貫太に憑き、貫太のオナニーを一生見届けてやろうと思った。まくりは逞しい女の子なのだ。

おそるおそる目を開けると、巫女服の背中が見えた。目の前に、巫女服姿の女子が立っていた。

「ドンコさん!?」

触手は、ドンコが持っていた聖なる護神刀によって真っ二つに切り裂かれていた。

「いい格好ですわね、西奈央まくり」

「ドンコ、何をするのぢゃ！　ああ、如炉様が、如炉様がぁ」

痛がる触手を庇うように、老婆が触手に擦り寄った。

「フン！」

ドンコは護神刀でまくりと静香に絡む触手をぶった切る。二人の体は自由になった。

「ドンコさん、あなた一体……」

「そやつはワシの孫ぢゃ！　せっかく如炉様の力を分け与えてやったというのに、この罰当たりモンが！」

「そのせいで……そのせいでこんな体になりましたのよ！」

ドンコは袴を脱いだ。パンツは穿いていないので、秘部が露わになっている。

そこは、小陰唇が飛び出て、とてもエロい形になっていた。

「毎日毎日オナニー三昧……おかげで、こんな醜いアソコになってしまいましたわ！」

小学校の修学旅行のときだ。みんなと温泉に入ってドンコは愕然とした。

自分の胸が皆より大きいのは自慢だったが、乳輪も皆より遙かに大きく変だった。

そして、アソコはみんな綺麗な一本スジなのに、自分はビラビラが出ていた。

みんなと違いすぎる形にコンプレックスを抱くようになった。

なぜそんなに違うのか。ドンコには思い当たるところがあった。

オナニーである。

毎日、毎朝、毎晩、ドンコはアソコやおっぱいを弄らないと気が狂いそうになった。

それもこれも、生まれた家と関係のある如炉様のせいだと気づいた。

ドンコはこの呪われた家系をどうにかしたかった。

だから密かに修行を積んでいたのである。いつか如炉様を倒せる力を得るために。

(そして気持ちのいいオナニーができるために)

「ドンコさん……」

ドンコはまくりに背を向けたまま話す。

「話は全部聞きました。あなたもオナニーの虜だったのね。あなたも乳輪が大きくて、アソコはビラビラが出てることに悩んでいたのね」

「いいえ、わたしは全然大丈夫だけど」

「なんですと!?」

ドンコは振り向き、まくりを見た。露出したまくりの乳首とアソコは、自分のとは全然違う、とても美しいものだった。ぶっちゃけ、拝みたいくらい綺麗だった。

「神も仏もいませんの……」

「巫女さんがそれ言っちゃダメじゃない？」

「くっ！　残念ですわね西奈央まくり！　やはりあたしは如炉様の側につきますわ！」

「ちょっと！　なによそれ！　ドンコさんだって十分魅力的じゃない！」

「見え透いたウソを！　命が惜しくて命乞いですの!?　見損ないましたわ西奈央まくり！」

「違うってば！　あなた、自分の魅力に気づいてないの？　いいわ、証明してあげる！」

そう言って、まくりは貫太の元に駆け寄った。

「貫太くん起きて。ドンコさんを見て。ほら〜、裸だよ〜」

「ん、はだ……おう!?」

裸というキーワードで、カッと目を覚ました貫太。こいつもたいがいである。

「え、えろ……っ！」

ドンコの巨乳巨乳輪と飛び出したビラビラを見て、貫太はフル勃起した。

「ほら見て！　ドンコさんの体つきは、男性に大ウケよ！」

「え？　そ、そうですの？」

「そうよ！　ロリコン以外の男性は、そういう体のほうが大好きなんだから！（※個人の感想です）」

「なっ……！　でも殿方の大半はロリコンとマザコンなのでしょう？（※個人の感想

です)」

「ンなわけあるかー！」

マジかとドンコは思った。全然知らなかった。男性経験のないドンコは、他の女子と見比べることしかできなかった。男の子もまた、別の宇宙に住む宇宙人だと思った。

「理解できたかバカ孫が！　その躰を与えてくれた如炉様に感謝せい！　そして、その者たちを如炉様に捧げるのを手伝うのぢゃ！」

「お祖母さま、この躰を与えてくれた如炉様には感謝致しますわ。でも、彼女たちは学校の……」

チラリとまくりを見ると、彼女は微笑んで言った。

「友達、でしょ？」

「と、友達です！」

「お主はその女を憎んでいたのではなかったのか！」

「すべてはあたしの心の狭さが原因……。それに、あたしは風紀委員。学校を守る義務がありますわ。それはつまり、生徒を守る義務があるってこと！」

護神刀を構え、老婆と対峙するドンコ。

「どこまでも愚かな……。お主は一度、如炉様に徹底的に鍛えてもらわねばならぬようぢゃな」

「孫娘まで手にかけるか！　お祖母さま！」

「フン。孫娘はたくさんいるのぢゃよ」

「クッ……。西奈央まくり、お逃げなさい」

「で、でも、ドンコさん一人じゃ……」

「大丈夫ですわ。あたし、強いんですのよ」

ドンコが切ない笑顔を見せた。

まくりはわかった。彼女は引けないのだと。逃げるわけにはいかないのだと。

「って、帰れるわけないでしょ！」

「そうです。私も微力ながらお手伝い致します！」

「ば、ばか！」

まくりは如炉様に突進していく。慌ててドンコがサポートに回った。

まくりの頭脳が高速回転する。予感はあるのだ、勝てる気がすると。しかしそれには、重大な決断をする必要があった。

まくりは振り向いて貫太に問う。

「貫太くん！　わたしとオナホ、どっちがいい!?」

「も、もちろんまくりだ！」

まくりは覚悟を決めた。床に落ちたオナホを拾う。貫太に初めて使った記念すべきオナホだ。そして、一番太い触手の先に思いきり差しこんだ。

「オオオオオオオオオオオオ！」

突然の快感に、如炉様が声を上げる。

予想通りの反応に、まくりは全力でオナホを動かした。

「な、何をするのぢゃ！　如炉様、お気を確かに！」

「加勢します！」

静香はオナホを使ったことがなかったが、メイドのスキルで素晴らしき快感を触手に与えた。

ドンコも遅れて参戦する。彼女もまくりと同様オナニーマスターである。使ったことがなくても、どうすれば相手が気持ちよくなるかなんてわかっていた。

オナホは人類が生み出した最高のオナニーアイテムである。たとえ神であっても、その快感から逃れることはできなかった。

「やめい！　やめよ！　ああっ、如炉様！　如炉様が……イってしまううううう！」

如炉様がオナホと共に光に包まれた。

人類史上初めて、オナホが神を倒した瞬間であった。

◇

静香が車を飛ばし、やっと貫太の家に戻ってきたのはその日の夜だった。

まくりの服はボロボロになったので、商店街のアイドル服に着替えていた。

「すごい一日だった……」

「ドンコさん大丈夫かな」

静香はもうグロッキーで、パジャマに着替え、古巣（?）の押し入れの中に引っこんでいった。

「電話してみたら?」

「あ、そうか」

まくりが携帯を取り出すと、そこにはドンコからのメッセージがあった。

『また明日』

「だって。無事みたい」

「そうか、よかった」

まくりは伝えたいことがいっぱいあったが、『また明日ね』とだけ返信した。今日のお礼は直接言うべきだと思ったから。

「ドンコさん、格好よかったなぁ」

「エロかったしな」

むー、とまくりの頬が膨らむ。

「貫太くんってもしかして、あーゆーえっちな体じゃないと満足できないの？　わたしでイケないのって、乳輪が小さいせいなの？　ビラビラが出てないせいなの？」

「ち、ちがうよ。まくりの体は最高だよ。何度も中出ししたろ？」

「わたしと再会する前のオカズを答えよ」

「え？　その……まくり」

「なぁに？」

「いやだから、まくりを想像して抜いてた」

「うっそぉ。だってだって、ポスター見るまで知らなかったんでしょ？」

この体の成長をと、手でFカップの胸を持ち上げるまくり。

「だからその……昔の姿で想像して……」

「はっ！　ろりこーん！　おまわりさーんこの人ですー！」

「ちっ、違うって！　あれから成長したらどうなってるかなって想像してたんだよ！」

「ホント？」

「ホントホント」

「ホントにホント？」

「ホントにホント」

「ランドセル背負ったら中出ししてくれる？」

「だから誤解だっての！　つか、あの婆さんが言ってたことってなんだったんだよ？」

「あ、そうだった！」

まくりはベッドに駆け寄り、その下からオナホ箱を取り出した。

「これこれ！」

「オナホ？　なんでもいいけどまくりって、オナホの隠し場所変えてもすぐ見つけるのな」

「わたし、子供がえっちな本を隠してもすぐ見つけられる自信あるの。自分ならどうするか考えればすぐだもん」

「見つけても、机の上に並べたりするなよ？」

「あら。本なんかじゃなくて、ママのこの美しいボディで、女体の秘密を教えてあげようかしら」

「だめだめだめっ！　だめ、ぜったい！　泣くぞ俺」

「なんで貫太くんがいやがるのかなぁ？　んー？　わたしをお嫁さんにしてくれるのかなぁ？」

貫太の胸に指先で円を描き、小悪魔な笑みを見せるまくり。

「ま、まあその、まくりさえよかったら……」

「ちゃんと中出しして、種付けしてくれる？」

「が、がんばるよ」

「子供、九人は欲しいなぁ♥」

「増えてるし！　三人って言ってたよな。野球チームでも作る気か？」

「ふふ、いーっぱい中出しできるようにならなきゃね♥」

そう言ってまくりは膝立ちになり、目の前のズボンをパンツごと下ろした。

汗をかいた貫太の股間は、ムワッとした臭いを溢れさせた。

「くっちゃいおち×ちん……」

「まくり、ウェットティッシュ」

「ううん、いいの。貫太くんのなら、臭くても平気なの……」

まくりははしたなく口を大きく開き、まだ萎えているペニスを口に含んだ。

臭いペニスを含んでくれた嬉しさとねっとりした熱い舌の刺激を受けて、貫太の腰がビクンっと震える。

「わたしのお口でキレイキレイしてあげるね。んっ……ちゅく……ちゅる……はむはむ……んちゅ……ちゅる……は……ん、すこしおっきくなってきた……ちゅるちゅる……」

まくりは上目遣いに貫太を見つつ、頭を前後してペニスを扱いた。

「ぢゅる、ぢゅうう、ぶぢゅっぶぢゅっ、ぢゅるるる……ぢゅぷぢゅぷ、ぢゅるるる……ぢゅっぢゅっぢゅっぢゅううう……」

まくりは唾液を溢れさせ、いやらしく音を立ててペニスをしゃぶる。いつもより大きな音が、貫太の部屋に響き渡る。

ううと貫太が唸りだした。快感の波が押し寄せているのだ。

(だめだめ、まだ舐めたいの♥)

まくりは射精させないように細心の注意を払いながら、緩急をつけ、肉棒を磨いていった。

「もう、またカリが汚れてる。ふふ、まくりちゃんのお掃除隊、出動だね♥」

舌を細めて、カリ首を舐める。溜まった汚れを舌先で掃除するように、丁寧に拭い取っていく。もうどこに出しても恥ずかしくないくらい、キレイなペニスになってしまった。

それはそれで、もっと汚したくなるのが人の常だ。

「貫太くん、我慢汁もっと出して。わたしのお口の中で、唾液と混ぜ混ぜしたいの」

まくりは亀頭を口に含み、舌の表面をすべて使って、ねっとりと亀頭を包んでいった。

膣とは違う柔らかさと温かさにペニスが反応し、カウパー液がヌルヌルと自然に溢れ出てしまう。

商店街のアイドルは『もっとちょうだい』と言いたげに、口をすぼめ、ゆっくりとその液を吸い出した。

「んちゅっ……貫太くんの我慢汁、変な味で、わたし大好き♥」

唾液と混ざったカウパー液を、今度は肉棒に塗りつけていく。根元から亀頭の先まで、ゆっくりゆっくりゆっくりと。二人の肉棒だと言わんばかりに汁でコーティングしていった。

玉袋を右手でモミモミすると、まだ硬さに余裕が感じられる。大丈夫。まだしゃぶっても平気だ。

「はむ、はむ、はむ」

まくりは何度も玉を甘嚙みした。そして口に含み、シワシワの玉を舌の上で転がすように舐めていく。そして玉が唾液でテカテカになると、再び甘嚙みをはむはむと繰り返す。

その口撃に、ペニスがゆっくり反り返っていった。意外と玉嚙みは好評らしい。あとでメモしておこうとまくりは思った。

「まくり、蟻《あり》の門《と》渡《わた》りを舐めてくれ」

「え、なぁに？　蟻……？」

「袋と肛門の間の部分だよ」

「そんな名前がついてるのね。うん。任せて♥」

勉強になるなぁと感心しながら肉棒を持ち上げ、もう片方の手で玉袋を持ち上げる。

そして現れた蟻の門渡りに優しくキスをした。

貫太がビクンと反応する。

それを見て、まくりはニンマリ笑い、そこを念入りに舐めていく。舌を出して上下に上下に、猫のように、イタズラっぽく舐めていった。

貫太の玉がギュッと縮まっていくのが見えた。

「まだ、だーめ」

まくりはピシピシッと、指で二回睾丸を弾く。貫太はその痛みで、少し射精感が治まってきた。

「お楽しみはこれからでしょう？」

まくりはオナホを取り出した。

それは、出会ったときの箱に入ってた、十三個目の不格好なオナホだった。その形から、貫太は試供品だと思いこみ、今まで一度も使っていなかった。

「まくり、もっと高級なのを……」

「これが貫太くんを治してくれる、魔法のオナホよ」

まくりはホールにローションを塗りたくり、問答無用でペニスに突き刺した。間髪入れず、まくりはオナホを動かす。貫太の脳に信じられないほどの快感が飛んできた。貫太の好きな圧力で。瞬間、貫太の好きなスピードで。

「な、なんだこりゃあ！　あっ、あっ、気持ちいい！　なっ、なっ、なんだこの気持ちよさ！　この懐かしさ！　この幸福感！　ファっ!?」

貫太が混乱するのも無理はない。こんな不格好なオナホなのに、本当の膣に入れているような不思議な感覚があった。その正体がわからない。まさに魔法だ。

「それもわたしなのよ」

「ま、まくり？　まくり……そう、まくりだ！　この気持ちよさ、まくりのおま×こそっくりだ！　まくりだ！　まくり！　まくり！　まくりのおま×こ！」

「そう、これはわたしのおま×こなの。ふふ。アイドルの地位をフル活用したわ。健康診断と称して町の最新型の体内スキャナを使わせてもらって、膣のヒダヒダまでスキャンしたの。そのデータから町の３Ｄプリンタ屋さんで型を作り、シリコンで加工……」

「技術の無駄遣いだっ！」

「ちなみにスキャン担当は貫太くんのお母様ね」

「なにやってんだあの人！　けどすごい！　科学すごい！　オナホ最高！」

「そう、オナホは最高ね」

まくりは扱くスピードを速く、強くしていく。

このまま快楽を与えたら、ますます貫太はオナホにはまってしまうのではないだろうか？

「おおおおおおおおっ！　まくりが！　まくりのおま×こ、おま×こが気持ちい！　けど、けど……！」

貫太は何かが物足りなく感じた。確かにまくりとまったく同じ快感を与えてくれる。しかし気持ちよくなればなるほど、まくりとの差が明らかになっていく。

（違う！　違う！　俺が欲しいのはこんなのじゃない！）

貫太の中で切なさが爆発的に拡がっていく。ペニスは最高の快感を得ていた。でも違うのだ。まくりを犯しているときに感じる体温、息づかい、匂い、脈動、変化、そして、そして……まくりの優しさ！

貫太は足りないものがわかった。そして、どれだけまくりが自分を愛してくれているのか理解した。

貫太のその顔を見て、まくりは質問をする。まくりの人生をかけた最後の質問だ。

「貫太くん、今の気持ちを正直に答えて。わたしとオナホ、どっちがいい？」

「俺は……俺は……」

まくりは恐怖で目をつむり、祈る気持ちで答えを待った。

「まくりだ！　俺、まくりが欲しい!!　俺、まくりを抱きたい！　まくりと気持ちよくなりたい！　まくりと一緒がいい！」

まくりは体がカッと熱くなるのを感じた。正直泣きそうだった。貫太がやっと自分を求めてくれたのだ。長かった。永遠にも感じた不安な日々が、やっと終わろうとしている。

まくりは貫太ごとベッドに押し倒し、オナホを抜いた。オナホとペニスの間に、名残惜しそうにローションの糸が引いた。

「いくよ？　貫太くんにいっぱい、『わたし』を感じさせるから。わたしも貫太くんのことをいっぱい感じるから！」

まくりは騎乗位になり、ショーツをずらし躊躇いなく一気にペニスを迎え入れた。フル勃起したペニスを、熱い愛液と柔らかな膣壁が包みこむ。

「「あああああああっ！」」

まくりと貫太が、同時に叫声を上げた。

「まくりだ！　生のまくりだ！　俺の大好きなまくりだ！」

「貫太くん！　ああっ、久々の貫太くん！　あんっ、好き！　大好き！」

二人は唇を合わせ、舌を絡ませ合う。ぶぢゅぶぢゅと激しく唾液を交換し合いながら、まくりは腰を上下に動かした。

ぱんぱんと、肉の当たるいやらしい音、そしてぶじゅぶじゅと粘度の高い液体の混ざる音が部屋に響き渡る。

感じすぎた膣は愛液の分泌が止まらず、ペニスが膣に入っても愛液が溢れ、ペニスが膣から抜けても愛液が溢れた。

貫太のペニスは愛液にまみれ、部屋の照明でテラテラと光っていた。

「はっ、はっ、ああっ、おち×ちん……おち×ちん気持ちいい……あっ、はっ、もっと……もっとぉ……もっとおち×ちん欲しいの……もっとぉ、もっとぉ……」

まくりは激しく腰を振った。

腰の動きに合わせ、衣装から剝き出されたFカップの胸がゆらゆらと水風船のように動く。

貫太は下から乳房を揉みしだき、乳房の形をひしゃげさせた。

「あっ、あっ、おっぱい気持ちいい……」

上下に左右に、左右互い違いに、気の赴くままに乳房を弄ぶ。

「やん、おっぱいで遊んじゃだめぇ♥」

まくりは貫太の上着をばっと捲り上げた。現れた小さな乳首を見て、

（男性の乳首って何のためにあるんだろう？）

ふと、そんな疑問が湧いた。

そして貫太の乳首をクニクニとつまんで擦り出す。二人でお互いの乳首を弄り合った。

まくりの乳房にピリピリと快感のしびれが拡がっていく。よく観ると、貫太も気持ちよさそうな顔をしている。貫太も胸にしびれが拡がっているのだろう。

（ふむ、やっぱり感じるためにあるみたい♥）

まくりは貫太に抱きついた。大きな乳房が貫太の胸板で大福のように潰れる。

腰を動かしたまま、自分の乳首と貫太の乳首を擦り合わせた。

まくりの女性的な柔らかい乳首は貫太の硬い乳首に押され、くにくにと向いている方向を変えていく。まくりが舌を絡ませてキスをすると、舌、乳首、股間の三カ所で二人は深く絡み合った。

貫太は強くまくりを抱きしめ、ごろりと回転して上下関係をひっくり返す。今度は貫太が責める番だ。

「やっ、抜いちゃやあん」

貫太は男の力で、まくりの脚をM字に大きく広げた。

「おま×こ、よく見えるよ。オナホとは違って綺麗なピンク色が、息をしてるみたいにヒクヒクしてる」

「もっと見たい？　まくりの生おま×こ、もっと見たい？」

まくりは両手で、貫太のために、はしたなく膣口を拡げた。

かつて処女膜が張っていた場所。その奥に、オナホとは違う、肉感のあるツブツブが見える。ペニスをいつも優しく包んでくれる肉ヒダ様だ。

貫太はくんくんと膣の匂いを嗅ぎ、べろべろと溢れる愛液ごと膣口を舐めた。

「あっ、あっ、はぁんっ！　舌、気持ちいい……いいよぉ、舌、気持ちいいよぉ！」

久々の舌責めはとても気持ちよかった。熱くてヌルヌルした舌が、まくりの恥ずかしい部分を粘着質に責め上げてくる。

まくりは快感に耐えるため、シーツを握った。それでも容赦のない貫太の舌責めに、もう我慢ができなくなった。

「貫太くん、お願い。おち×ちん挿れて？　あっ、はんっ、切ないよぉ♥」

まくりは頬を赤く染め、恥ずかしそうにシーツを噛みながら言った。

貫太は舌を膣深くまで差しこみ、膣壁のヒダを、さっきカリ首を掃除されたときのように、丁寧に丁寧に擦っていく。まくりは気持ちよさで腰が浮いてしまった。

「い、いじわるしないでぇ。入れてよぉ♥」

腰をゆらゆらと揺らすまくりの懇願に、貫太は言った。

「まくりのおま×こ、久々に奥までメチャクチャに責めたい」

「うん、まくりのおま×こ、膣の奥までズンズン突いてね♥」

貫太は堰を切ったように腰を動かした。ペニスの先がまくりの奥をズンズンと突き上げる。

「い、いきなり激しいよぉ♥　あっ、はぁっ！　奥、奥ぅ！　おち×ちんが奥まで当たって、おま×この奥が痺れちゃうぅ♥」

まくりはあまりの激しさと気持ちよさでたまらなくなり、両足で貫太の腰を挟みこんだ。

「あっ、あっ、すごい……んっ、おま×こ、おま×こすごいの、こんな激しいの初めて……ああんっ、気持ちいいっ気持ちいいよぉっ」

「ちゃんと奥で出すからな？　まくりの中に、精液あげるからな？」

「欲しい……欲しいよぉ。あっ、あっ、貫太くんの精子、いっぱい欲しいよぉ♥」

まくりは奥を突かれる気持ちよさで頭が真っ白になってきた。口の端からは唾液が溢れ出ている。

「あんっ、イッちゃう、イッちゃう、んっ、気持ちいい、イッちゃうよぉっ、あっ、あっ、すごいのっ、イッちゃうの、もうだめっ、ああんっ、ああんっ♥　好きぃ♥」

一方貫太は、あの神社の影響だろうか？　精液代謝がよくなりすぎて玉袋がパンパンになり、一回抜かないとキツくなってきた。

「まくり、少しだけ出すからな？」

「え？　出るの？　出そうなの？♥　うん、いいよ♥　いつでも出して♥　中に出して♥　何度も出して♥　あん、わたしもイッちゃう♥　んっ、いいかんじ……あっ、あっ、ああんっ♥」

「精液が漏れそうだから少しだけな。くっ！」

貫太が腰を強く前に突くと、膣の奥に精液が飛び出した。同時にまくりもイッてしまう。

「あっ、あっ、出てる♥……貫太くんの精液……おなかの中にいっぱい♥……出てるのわかる……♥」

貫太は少しだけと思ったが、それでもいつもより射精の量は多かった。

膣の中は精液で満たされていた。しかしペニスはまだフル勃起で入り口を塞ぎ、溢れ出ることを許さなかった。従って、まくりのおなかはパンパンである。

「きついか？　まくり」

「ううん、嬉しい……嬉しいよぉ……貫太くぅん……奥に精液出してくれた……おなかいっぱいで……嬉しいよぉ♥」

まくりは涙を溜めて言った。本当に嬉しいのだ。努力が報われ、不安がなくなったこともある。しかし女として、本能として全身が喜びに満ちている。

二人は愛しさに溢れ、強く抱きしめ合いながら激しく唇を重ね合った。

「はっ、んっちゅ……ちゅく、ちゅる……んちゅ……ちゅく……ちゅうう」

舌をいやらしく絡ませ、顔の向きもめまぐるしく変わる。

「んっ……あっ、貫太くん、キスしちゃってる」

「ああ、ちゅっ、してるぞ」

「ううん、口だけじゃないの。あそこも……貫太くんのおち×ちんの先とわたしの子宮の入り口も、ちゅっちゅしてるの」

「こんなふうに？」

貫太は口でするキスと同じように、ゆっくりと亀頭の先を押しつけた。

「やんっ、濃厚なキスだよぉ♥」

顔の口と膣奥の口、二人は同時に求め合った。

「ひゃんっ！」

急にまくりが驚いた。貫太のペニスも、同時に違和感に気づいた。

「なんだこれ？　この妙に柔らかいの」

「あのね……んとね、おち×ちんの先がその……奥の入り口にちょっと入っちゃった」

なんと、亀頭の先が偶然にも子宮口を見つけ、少しだけハマってしまったのだ。激しく突かず、ゆっくり探るとたまに見つかる、最後の開拓地。

「このにゅるっとした不思議な感覚は、子宮口か？」

「うん……赤ちゃんが入る場所だよ。いらっしゃいませ……わたしの大事な奥の部屋へ♥」

貫太は感動し、そこを壊さないようにゆっくりゆっくり亀頭を動かした。

「あんっ、やんっ、ゆっくりね♥」

そこは膣とは比べられないほど敏感な場所だった。まくりの全身に未知の快感が溢れていく。

にゅるにゅると、子宮口が舐めるように、いやらしくペニスを包みこんでいく。貫太もまた、未知の快感を得ていた。

「このまま出したら、赤ちゃんできるかな」

「じゃあもう、出すしかないね♥　あんっ、奥の中で、いっぱい精液出してね」

貫太はほんの少しだけ責める速度を速めた。

「あっ、ああっ、んんんんっ、気持ちよくなってきたぁ……今まで知らない場所で、変な感覚で……あああっ、あああああっ」

「俺も、激しく動いてないのに、なんだかいつもより気持ちよくなってきてる……な

んだろこれ……くうっ、射精しそうだっ」

膣がぎゅううっとペニスを締めつけてきた。子宮に入れない部分に、ぴたぴたと膣壁が絡みついてくる。

亀頭は子宮口に吸いつかれ、何人もの子供の唇にキスされているようだった。

「貫太くん、愛してるって言って？　愛してるって言って？」

「愛してるよまくり、あっあっ、イキそうだ……愛してるよまくり、愛してる！」

愛の言葉で二人は同調し、高まっていく。

性的な刺激ではない、愛する気持ちによって二人は本当に結ばれていく。

「ああっ、まくり、出すぞまくり、子宮の中に、いっぱい出すからな。赤ちゃん作ってくれ、お願いだまくり、赤ちゃん作ってくれ！」

「うん、作るね、貫太くんの赤ちゃん、おち×ちんのいるところで、赤ちゃん作るからね。いっぱい出してね。いっぱい、いっぱい出してね！　あ、あっ、あっ、中にください、中にください、お願いします、中にください!!」

ぎゅうっとお互い抱き合った瞬間、亀頭がさらに奥に入り、貫太は射精をした。

それは、愛する人の中で出した、今までで最高の射精だった。

二人とも究極の絶頂を味わった。愛する人と一緒の、性欲を超えた超幸福感だった。

大量の愛で、子宮は満杯になっていった。

「あん、まだ精液出てくるよぉ」

あれから一時間くらい、二人は裸のままイチャイチャしていたが、いまだにまくりの膣から精液がニュルっと溢れ出てくるようだった。

「でも、本当に気持ちよかったね。セックスって、激しくすることが重要じゃなかったんだね」

「激しさを求めるだけならオナホで十分だってわかった。でも本当に大切なのは、二人で愛し合うことだったんだ。俺はわかってなかった。ごめんなまくり」

「ううん。わたしもわかってなかったもん。でも、貫太くんとそれがわかってよかった♥」

「愛の果てに射精はある。大切にするよ、まくり」

「でも、たまには激しいのもいいな♥」

二人は微笑み、唇を重ねた。

……………瞬間、

「ちょおっとお待ちあそばせ！」

ボロボロの巫女服を身にまとったドンコが突然現れた。

「ど、ドンコさん!?　どうしてここが!?」

「やっと見つけましたわ、西奈央まくり！　人が後片付けで大変でしたのに、あなたはおち×ぽとイチャコラしやがりまして！　助けたお礼に、貫太さんをちょっとお貸しなさい！　おち×ぽだけでもよろしくてよ！」

「やーよ！　貫太くんはわたしのだもん。そしてわたしは貫太くんのものなの！」

「いいじゃありませんの！　ね、貫太さん？　あなた、巨乳で乳輪大きい子好きですわよね？　勃起しましたものね？」

ほれほれと柔らかな巨乳を揉みしだき、貫太の目を釘付けにする。

「お待ちください！　今こそ言います！　貫太さんはメイドが好きなんです！　私のおしっこ、ごくごく美味しそうに飲んでくださいましたし！」

「な、え？　ちょっと貫太くん、どういうこと!?」

「さ、メイドのパンツ、好きにしていいんですよ？　そして今こそ！　このメイドの処女を奪ってください!!」

「スカートまくらないの！　メイドはメイドらしく控えてなさい！」

「貫太さん、ほら、お揉みなさい。おっぱい柔らかいでしょ？　ぷにぷに～。ああん、初めて殿方に揉まれましたわ！　気持ちいいですわぁんっ」

「わぁ！　勝手に揉ませないでぇ！　こうなったらわたしだって！」

貫太の部屋は、女の子たちの声で賑やかだった。

三人の女子に性的に迫られ、貫太は幸せだった。

すべてオナホが生み出した縁である。

だからオナホは最高なのだ。

◇

追記。メイドの静香記す。

「あっ、やっ、みんないるのに……ああんっ！　中に……出てる……」


あれから、三ヶ月が経ちました。

相変わらず、お嬢様と貫太さんはラブラブ中出しカップルで、今朝なんかは、ついに『満員電車で痴漢ごっこ』をされていました。まくりお嬢様は、そのためだけに電車にお乗りになられました。

私も監視役として同じ車両に乗りこみましたが、周りの殿方は私のメイド服姿に気を取られ、お二人の密かなセックスにはまったく気づいてないご様子でした。（私のお尻を撫でてきたサラリーマン三名は、私の可愛いドローンにて狙撃致しました）

お二人は毎日毎日、飽きることなくセックスをし、お嬢様のアソコは愛液の乾く暇がありません。

たまにお嬢様が前戯でオナホ責めをしているようですが、以前のように貫太さんが膣で萎えることはもうありませんでした。

本日は土曜日。お嬢様のお仕事がバラしになり、急遽お二人はデートモードです。

「静香、なにしてんの？」

「日報をつけていました」

「日報？　……ってまさかウチの!?　え、ママにバレてるの!?」

「はい、お二人が付き合いだしてから」

「なっ……！」

知らぬは本人ばかりなり。

「まくり、そろそろ行くぞ」

「貫太くん、駆け落ちしましょう！」

「何言ってんだよ。今日はついに、放課後のまくりの学校でエッチする日だろ？」

「す……する！　します！　もうこうなりゃヤケだぁ！　女子トイレでする？　誰もいない教室でわたしの机の上でしちゃう？　体育館の板の上？　女子更衣室？　プール？　それともそれとも……」

「全部！」

きゃあきゃあと盛り上がり、お嬢様は幸せそうに腕を組んで行ってしまいました。

さて、私もついて参りましょう。もちろん監視役としてですよ？　陰から人が来ないか見張るだけ。けっして、覗いてオカズにしたりは致しません。もちろんですとも。

えーっと、バッテリー残量はＯＫっと。


「それにしても赤ちゃんできないね。わたしのせいかな？」

「俺たちはまだセックスの修行が足りないのさ。まだしてない体位とかシチュとかあるだろ？　それにオナニーも。すべてがマスターできたら、そのとき、授かることを許されるのさ」

「一緒に……修行してくれますか？」

「もちろんさ。まくりと一緒なら」

「やーん♥♥　貫太くん大好きすぎるぅ♥♥♥♥」

二人は抱き合い、唇を合わせた。

後ろで噴水が、高く高く水を噴き上げた。


（おわり）

美少女文庫
FRANCE SHOIN

# 彼女《かのじょ》はオナホなお嬢様《じょうさま》 まくりとどっちが気持《きも》ちイイ？

著者／反転星（はんてんぼし）
挿絵／ひなたもも
発行所／株式会社フランス書院
〒102-0072　東京都千代田区飯田橋 3- 3 -1
電話（営業）03-5226-5744
（編集）03-5226-5741
URL http://www.bishojobunko.jp

印刷／誠宏印刷
製本／若林製本工場

ISBN978-4-8296-6344-8 C0193

# 原稿大募集 新戦力求ム！

フランス書院美少女文庫では、今までにない「美少女小説」を募集しております。優秀な作品については、当社より文庫として刊行いたします。

## ◈応募規定◈

**★応募資格**
※プロ、アマを問いません。
※自作未発表作品に限らせていただきます。

**★原稿枚数**
※400字詰原稿用紙で200枚以上。
※必ず**プリントアウト**してください。

**★応募原稿のスタイル**
※パソコン、ワープロで応募の際、原稿用紙の形式にする必要はありません。
※原稿第1ページの前に、簡単なあらすじ、タイトル、氏名、住所、年齢、職業、電話番号、あればメールアドレス等を明記した別紙を添付し、原稿と一緒に綴じること。

**★応募方法**
※郵送に限ります。
※尚、応募原稿は返却いたしません。

## ◈宛先◈

〒102-0072　東京都千代田区飯田橋3-3-1
株式会社フランス書院「美少女文庫・作品募集」係

## ◈問い合わせ先◈

TEL: 03-5226-5741
フランス書院文庫編集部